나는 나와
다투지
않습니다

알아차리고, 허용하고, 내맡기는 삶의 여정

나는 나와
다투지
않습니다

오윤미 지음

두드림미디어

오늘도 어김없이 '진순이'와 함께 산책을 다녀왔다. 진순이는 올 가을 우리 집에 새로 온 강아지 이름이다. 진순이 덕에 나는 매일 1시간 이상 산책을 한다. 비가 오나 눈이 오나 햇볕이 따스한 날이나 스산한 날이나 가릴 것 없이 그저 매일 산책한다.

오늘은 매우 추운 날이다. 오늘 낮 기온이 영하 15도다. 진순이와 산책을 하는 동안 양 볼이 꽁꽁 얼어 떨어져 나갈 듯 아프다. 진정한 겨울이다. 찬란히 아름다운 쨍한 겨울이다.

"싫어하고 좋아하지 않으면 그것이 곧 도(道)이니라."

신심명의 구절이 떠오르며, 허허 웃음이 난다. 진정으로 싫어하고 좋아하지 않는다면, 도는 스스로 드러난다. 도가 스스로 드러날 때, 우리는 진정으로 행복하다고 말할 수 있다. 즉 '행복'이라는 단어가 존재하지 않는 진정한 본래 행복 말이다. 본디 행복한 것은 그 어떤 조건도 필요하지 않으며, 스스로 자족하는 것이다. 본디 행복한 것은 구할 것 없는 나뉘지 않는 사랑이다. 본디 행복한 것은 부족함 없이 원래 풍족한 것이며, 아쉬울 것 없는 기쁨 그 자체다. 싫어함과 좋아함을 내려놓고 지금 이 순간 존재할 때, 우리 자신의 본성인 도(道)가 드러나며, 우리는 본디 행복의 상태에 있다. 아니, 행복, 사랑, 기쁨, 풍요 그 자체로 존재한다.

언제부터인지 모르겠지만, 어릴 적부터 소크라테스(Socrates)의 명언 "너 자신을 알라"는 나를 몹시 괴롭혔다. 나는 내 자신을 알지 못했다. 그래서 늘 알고 싶었다. 내가 누구인지, 왜 태어났는지, 나는 왜 매일 죽고 싶은지, 진정으로 인간답게 사는 것은 어떤 것인지. 그리고 간절히 '신'이 알고 싶었다. 이 세상의 탄생과 끝이 궁금했다. 과학자들이 이야기하는 빅뱅 이론은 내 것이 아니었다. 《성경》에서 말하는 신은 나의 신이 아니었다. 사람들이 이야기하는 나는 내가 아니었다.

진정한 앎은 머리가 아닌, 그것 자체로 살아가는 것, 내 삶 전체로 드러내야 하는 것이라고 스스로 여기고 있었다.

그래서였을까? 삶은 나의 의문에 답해주기로 작정한 모양이었다. 내 나이 서른 넷. 매우 바빴던 그 시절, 나는 번아웃으로 쓰러졌고, 죽음의 공포를 느꼈으며, 살고 싶었다. 사느라 바쁜 나머지, 마음 한구석 저편으로 밀쳐뒀던 존재의 근원, 삶에 대한 의문들이 마치 판도라의 상자를 열어버린 듯 무더기로 튀어나왔다. 내가 왜 그렇게 내 삶을 혹사하며 살았는지 기억이 났다. 의문에 대한 답을 찾을 수 없어, 의문을 잊기 위해 나는 그렇게도 스스로를 혹사하며 살아왔던 것이다. 이제는 의문으로부터 도망갈 수 없었다. 그 의문을 직면하고 맞닥뜨리기로 했다. 내 삶이 끝나는 날까지 답을 찾지 못하더라도, 답을 찾기로 결심했다.

"자신을 관찰하라. 자신이 동일시하는 것을 알아차리고, 동일시하지 말라. 진정한 자신을 기억하라."

러시아의 신비가 구르지예프(Gurdiiev)의 가르침이 나에게 찾아왔다.

나는 나 자신을 돌아보기 시작했다. 그리고 일상에서 나 자신을 관찰하기 시작했다. 쉬운 것은 아니었다. 그러나 물러서지 않았다. 스스로를 관찰할수록 얼마나 내가 기계적으로 살아왔는지 알아차릴 수 있었다. 정말 '잠든 미친 기계'와 같았다. 무의식적으로 반응하며 살아 왔다는 것을 깨닫는 순간 '자기 관찰, 탈동일시, 자기 기억'을 나의 온 삶으로 배우겠노라 다짐했다. 내가 그동안 얼마나 나 자신을 사랑하지 않았는지 깨달았다. 지금의 자신이 아닌, 다른 무엇인가가 되려고 했다는 것을 깨닫는 순간 있는 그대로의 나 자신을 만나는 연습을 했다. 이제 더이상 그 누구로부터 사랑을 갈구하지 않기로 다짐했다. 그리고 그동안 나의 모든 아픔과 슬픔, 분노, 원망을 용서하기로 했다. 가슴을 열고 아픔 안으로 걸어 들어가 고통을 마주하며 온 마음으로 껴안았다. 진정한 자기 사랑의 시작이었다. 사랑이 서서히 정체를 드러내보였다.

진리는 늘 밝게 빛나고 있으며, 진리를 가리고 있는 무지의 구름을 치워버리면 스스로 드러난다는 것을 삶을 통해 경험하고 배워가고 있는 중이었다. 알아차리고, 판단하지 않고, 친절한 가슴과 호기심의 눈빛으로 발견된 것들을 허용하고 놓아버리는 작업을 지속했다. 언제 끝날지 모르는 작업이었다. '그저 여기서 한 발만이라도 뗄 수 있다면…'이라는 간절함으로, 작업에 헌신했다. 어떤 상황에서도 나의 가슴에 진실하겠노라 다짐하며, 정직하게 성실하게 '라이프워크(Life Work)*'를 했다.

---

* 라이프 워크(Life Work)는 삶을 스승으로 삼아 '삶의 매 순간 알아차리고 허용하고 놓아버리는 작업'에 대해 내가 붙인 이름이다.

서서히 무지의 구름이 벗겨지기 시작했다. 원래 있던 밝음이 빛나기 시작했다. 나는 삶 속에서 있는 그대로 온전함을 만나기 시작했다. 그 어떤 것도 잘못된 것이 없음을 알아차리기 시작했다. 그 무엇도 잘못된 것이 없으나, 그저 나의 집착과 갈망이 편을 가르고, 고통을 만들어내고 있음을 알아차렸다. 내가 살아가고 있는 이 세계는 있는 그대로 천국이었다. 낡은 쓰레기통은 낡은 쓰레기통으로 완벽했다. 나는 내가 지어낸 수많은 이야기를 알아차렸고, 놓아버렸다. 마지막에 움켜쥐고 있던 '한 호흡'마저도 놓아버렸다. 그리고 그 어떤 이야기도 쓰이지 않는, 있는 그대로 밝게 빛나는 '신성의 광휘'가 드러났다. '나라고 여겼던 모든 것'을 내려놓으니, 진정한 내가 그 모습을 드러냈다.

삶은 고통이 아니라 매 순간이 기적이며, 선물 그 자체였다. 삶 그 자체는 신성한 나 자신이다. 그리고 나는 그 신성한 자신이 가슴에서 빛나는 작은 신인 '진정한 인간'이다. 진정한 인간은 자신 안에서 나뉘지 않는 사랑을 꽃피워내는 존재라는 앎이 찾아왔다. 물론 이 또한 쉬운 일은 아닐 것이다. 그동안 이것을 너무 많이 잊고 살아왔으니 말이다. 그러나 나는 그저 오늘도 '내 이웃을 내 몸과 같이 사랑'하는 '나뉘지 않는 사랑'을 온 마음으로, 내 삶 전체로 드러내며 살아가는 배움을 이어가고 있다.

　살고자 시작한 나의 '라이프 워크'는 나를 현재 있는 그대로의 아름다움을 만나는 순간으로 데려다 놓았다. 진정으로 삶을 신뢰하고, 삶의 흐름에 편승하며, 삶의 리듬을 타고 조화롭게 살아가는 '진정으로 쉬운 삶의 길'을 터득하게 됐다.

　이 글을 읽는 여러분도 '진정으로 자신에게 정직하고 진실하게 작업함으로써' 자신을 사랑하고, 자신의 본성을 발견하며, 삶의 선물을 깨달음으로써 나뉘지 않는 사랑의 꽃이 피어나기를 소망하고 축복한다.

산 아래 작은 집 깔리하우스에서
오윤미

◆ 1장 ◆

왜 나만 이렇게
힘이 든 것일까?

흔들거리는 삶에서
길을 잃다

우리네 삶을 들여다보면 자신이 꿈꾸던 일을 직업으로 삼는 이들이 과연 얼마나 될까? 대부분 자신의 꿈과는 거리가 먼, 돈을 벌기 위한 일을 하고 있지는 않을까? 나 역시 마찬가지였다.

대학 졸업 후 갖게 된 나의 첫 직업은 간호사였다. 사실 간호사는 나의 꿈이 아니었다. 예상치 못하게 간호 대학에 합격했고, 재수를 하기 싫어 간호 대학에 입학했다. 나의 가장 큰 장점 중 하나는 주어진 상황을 '매우 잘 받아들인다'라는 것이다. 간호 대학에 입학하고 공부하면서 '간호사가 되는 것도 다 하늘의 뜻이 있겠지'라는 마음으로 나는 이내 대학 생활에 적응했다. 졸업 후에는 부산에 있는 모 대학병원에 취직해서 열심히 일했다.

신규 간호사 1년 차 때는 근무 시간이 매우 길었다. 보통 근무 시간 2시간 전에 출근하고, 퇴근 시간보다 2~3시간 더 연장 근무할 때가 많았다. 3교대 근무였기 때문에 개인적인 생활은 전혀 할 수 없는 상태였다. 그렇게 2년 차 간호사가 됐을 때 병원 생활과 간호 업무에는 어느 정도 적응했지만 또 다른 문제에 봉착했다. 바로 야간 근무에 대한 스트레스였다.

내가 야간 근무만 서면 입원 환자들이 줄줄이 들어왔다. 그리고 잦은 응급 상황과 환자들의 임종을 맞이하는 일이 자주 생겼다.

야간 근무를 하기 위해 출근한 어느 날이었다. 자취방에서 자고 있던 나는 출근하기 4시간 전 잠에서 깼다. 갑자기 벽에 걸려 있는 벽시계의 시계 바늘 소리가 점점 크게 들려오기 시작했다. '째깍 째깍 째깍 째깍 …' 시계 소리는 점점 나를 옥죄여 왔다. 내 심장은 쿵쾅거리며 제멋대로 뛰기 시작했고, 갑자기 어지럽고 숨을 쉴 수가 없었다. '이대로 죽는구나' 하는 생각이 들었다. 나는 가까스로 정신을 차려 겨우 옷만 걸쳐 입고 집 밖으로 뛰쳐나왔다.

부랴부랴 집 밖으로 나온 나는 걸어서 병원으로 출근했다. 깜깜하게 불이 꺼진 병원 1층 로비 의자에 한참을 앉아서 마음이 진정되기를 기다렸다. 앞으로도 뒤로도 갈 수 없는, 길을 잃어버린 느낌이 들었다.

야간 근무만 서면 그런 일들이 반복되자 나는 이제 결정해야겠다고 생각했다. '내가 겪고 있는 이런 공포감을 그저 모른 척하고 참으면서, 이대로 계속 간호사 생활을 할 것인가?' 아니면 '당장 그만둘 것인가?'를 말이다. 당장 그만두기에는 그간 열심히 공부해온 시간들이 아까웠고, 나 자신의 노력을 그냥 무시해버리는 느낌이 들었기 때문에 나는 용기를 내서 다른 방법을 시도해보기로 했다. 그것은 바로 병원을 옮기는 것이었다. 그렇게 내가 원래 근무하던 곳을 떠나 다른 병원으로 옮겼을 때도 같은 증상이 계속될지, 아니면 나아질지가 궁금했고, 간호사를 그만두는 것은 그 이후에 결정하기로 마음먹었다.

 이후 대전에 있는 한 대학병원으로 옮겼는데 그 병원은 이제 개원한 지 얼마 되지 않은 신생 병원이었다. 게다가 나는 내과 중환자실을 지원해 그곳에서 근무를 시작했다. 병원을 옮기면서 '지금보다 더 힘든 환경의 병원으로 옮겨보자. 눈코 뜰 새 없이 바쁜 상황에서도 과연 지금처럼 그만두고 싶을까?'라고 생각하며 나를 더 벼랑 끝으로 몰아세웠다.
 새로 옮긴 병원 생활은 바쁘고 정신없이 돌아갔다. 아직 체계화되지 않은 시스템으로 인해 할 일은 매우 많았고, 여러 병원에서 모여 팀을 이룬 경력직 간호사들 간의 의견 다툼과 드러나지 않은 팽팽한 신경전으로 불안정한 분위기가 만연했다. 나는 적응하느라 숨이 찰 지경이었다. 하지만 이전 병원에서처럼 불안하고 숨이 막히는 증상은 나타나지 않았다. 그럴 여유조차 없었다.

 숨 가쁜 나날을 보내던 중 다시 나의 삶을 흔드는 일이 생겼다. 중환자실의 간호 인력은 턱없이 부족해서 나는 혼자 4개의 병상을 맡아야 했다. 그런데 2주간 4개 병상의 환자들이 돌아가면서 심폐소생술을 해야 하는 응급 상황이 계속 생겼다. 그렇게 내가 맡은 환자들은 계속 죽음을 맞이했다. 당시 나는 고작 24살이었다.
 24살의 간호사로서 환자들의 죽음에도 슬퍼할 겨를 없이 기계적으로 움직이고 있는 자신을 발견했다. 나는 슬픔을 느낄 새도 없이 아무런 감정도 가질 수 없는 자신에게 너무 충격을 받았으며, 고민했다. '내가 과연 이 생활을 지속할 수 있을까?' 질문에 대한 대답은 절망의 감정으로 다가왔다.

나는 너무 슬펐다. 그렇게 다시 길을 잃었고, 3일을 고열과 함께 앓아 누웠다. 3일 후 나는 자리에서 일어나 무엇에 홀린 듯 컴퓨터 앞에 앉았다. 나의 진로를 진지하게 다시 고민해보기로 결정했다. '내가 잘하는 것, 좋아하는 것' 등 나의 모든 경험을 들춰서 찾고 또 찾았다. 하늘이 도운 것일까? '기업 교육 강사'라는 신생 직업이 있다는 것을 알게 됐다. 그리고 나의 새로운 인생을 위해 무작정 짐을 싸들고 서울로 올라갔다.

그때 나는 한 가지를 배웠다. 삶이 흔들리고 길을 잃었지만, 그 길을 찾기 위해 자신을 일으켜 세우면 삶은 반드시 다음 길을 보여준다는 것을 말이다.

나는 새로운 일을 즐겁게 배우고 익혀나갔다. 수입이 적어도 상관없었다. 진짜 내가 원하는 일을 마음껏 하며 나의 꿈을 향해 살아갈 수 있다는 희망이 있었기 때문이다.

기업 교육 강사 일은 나의 적성과 잘 맞았다. 이 일을 하며 내가 누군가에게 알기 쉽게 알려주는 재능이 있음을 발견했다. 또한 강의 무대에 서기만 하면 숨어 있던 또 다른 내가 튀어나와 열정적으로 강의에 몰입했다. 강의 후 교육생들의 진지하고 긍정적인 피드백을 받노라면 그간 쌓인 피로가 다 날아갈 정도로 뿌듯했고 만족스러웠다. 게다가 나의 취미가 공부라는 것도 발견하게 됐다. 그렇다! 나는 평생 공부할 수 있는 일을 원했는데 딱 맞는 일이지 않은가? 나는 '공부해서 남 주자'라는 모토와 함께 열정적으로 임했다.

열정이 너무 지나쳤던 것일까? 기업 교육 강사 일을 시작한 지 9년 차쯤 됐을 때 나는 상담 대학원을 다니고 있었다. 당시의 나는 너무 바빴고, 거의 일중독 수준이었다. 아니, 일중독이었다. 나름 자그마한 사업체도 운영했다. 사업 제안서 쓰랴, 강의하랴, 대학원 공부하랴 너무 바빴다. 게다가 지역사회 커뮤니티에서 인맥을 구축하려고 모임까지 나갔다.

하지만 정신을 차릴 수 없이 너무 바쁘면 반드시 문제가 생기기 마련이다. 나에게도 그런 일들이 자주 생기기 시작했다.

대학원 석사 과정 중간고사 날이었다. 그날도 나는 강의를 마치고 부랴부랴 학교로 갔다. 너무 피곤했던 나머지 시험 시간보다 조금 일찍 도착해서 학교 주차장에 차를 세우고 깜빡 잠이 들었다. 얼마나 잤을까? 같은 기수 동생으로부터 전화가 왔다.

"누나! 오늘 무슨 일 있어요? 왜 시험 보러 안 왔어요?"

이게 무슨 일인가! 그렇게 시험을 놓쳐버렸다.

깜빡 잠이 들어 중요한 일을 놓친 것은 이뿐이 아니었다. 하루는 어릴 적부터 교회를 함께 다닌 친구의 결혼식에 참석하기 위해 대구로 향했다. 그날도 너무 피곤하고 졸린 상태였기 때문에 잠시 쉬어가기 위해 고속도로 휴게소에 차를 세우고 눈을 붙였다. 그런데 잠에서 깨보니 이미 결혼식이 다 끝나버린 시간이었다. 머리가 하얘졌다. 나는 스스로를 질책했다. 또다시 길을 잃어버렸다. '무엇이 잘못된 것일까?', ' 어디서부터 잘못된 것일까?' 나는 답을 찾고 싶고, 해결책을 찾고 싶었다. 그러나 그저 눈앞이 캄캄할 뿐이었다.

왜 나만 이렇게
힘이 든 것일까?

<2023년 세계 행복 보고서>에 따르면, 우리나라의 행복지수는 6점, 57위로 OECD 국가 중 최하위를 기록했다. 이는 경제적으로는 살 만하지만, 정작 스스로는 행복하다고 느끼지 못한다는 것을 의미한다. 나 역시도 그런 낮은 행복지수를 갖고 있는 사람 중 한 명이었다.

2009년 가을, 그날도 매우 지쳐 있었다. 하루 종일 강의와 미팅 후 겨우겨우 몸을 추슬러 대학원 수업을 들었다. 각 과목 수업에 집중도 잘되지 않았다. 머리는 백지 상태였다. 쉬는 시간이면 다들 삼삼오오 휴게실에 모여 즐겁게 이야기를 나눈다. 그러나 나는 그럴 수 없었다. 너무 피곤해서 당장이라도 누워 자고 싶었기 때문이다.

나는 그저 편히 쉴 곳을 찾아 두리번거리다 빈 의자를 찾아냈다. 팔짱을 끼고 반쯤 누운 자세로 두 눈을 감았다. 누구 하나 나에게 말 걸지 않기를 바라는 마음으로 말이다. 그러면서도 그들의 이야기가 궁금해 한쪽 귀를 열어 놓고 대화 내용에 귀를 기울였다.

당시 상담 대학원을 다니고 있었으므로, 대학원 동기 대부분은 현직 상담사거나 혹은 전문상담사로서의 진로를 계획하고 상담 대학원에 들어온 이들이었다. 그러나 나만 특이한 이력을 가지고 있었다. 나는 기업에서 강의하고 있는 강사다. 나와 같은 기업 교육 강사들은 대학원 진로를 정할 때 대부분 경영 대학원이나 평생교육 전공을 선택한다. 하지만 나는 사람의 마음과 사람에게 다가가는 방법을 알고 싶었다. 그래서 선택한 것이 상담 대학원이었다. 그런데 이제는 상담 대학원에 다니는 것이 나를 혼란스럽게 했다.

동기들은 모두 자기만의 진로 계획이 있는 듯했다. 박사 과정 진학을 계획하고 있는 지영 씨, 자신이 원래 하던 지역사회 아동상담센터를 좀 더 전문화시키겠다고 하는 재영 씨, 졸업하고 미술치료 상담센터 개원을 계획하고 있는 미선 씨 등 모두 자신의 새로운 계획에 설레어 하고 있었다.

'그런데 나는 지금 어떤가? 꿈과 계획이 있나?' 문득 이런 생각이 들었다. 나는 당장 내일도 계획할 수 없는 처지였다. 지금 당장 내 몸 하나 어찌하지 못해서 그저 무기력하고 쉬고 싶다는 생각뿐이었다. 꿈이 사라진 것이다.

그 순간 온몸의 생명이 밖으로 빠져나가 곧 부서지기 직전의 바짝 마른 낙엽 같은 느낌이었다. 알 수 없는 슬픔이 몰려왔다. 다른 이들은 모두 설레고 즐거워하는데, 왜 나만 이렇게 힘이 든 것일까?

그렇다고 삶이 딱히 달라지는 것은 없었다. 나는 여전히 바빴고, 피곤했다. 나의 아침 식사는 분식점에서 산 김밥과 커피를 달리는 차 안에서 먹는 것이 전부였다. 항상 부족한 잠은 고속도로 휴게소에서 쪽잠을 자는 것으로 보충해야 했다. 그날도 그랬다. 서울에서 강의와 미팅을 하고 내려오는 밤이었다. 저녁도 제대로 먹지 못해 배가 고팠으나 나에게 더 필요한 것은 잠이었다. 너무 졸려서 경부고속도로 안성휴게소 쯤에 겨우 차를 세우고 운전석을 뒤로 젖혀 잠이 들었다. 아주 잠시만 자고 일어날 작정이었다. 그러나 눈을 떠보니 동이 트고 있었다.

워낙 이런 생활에 익숙해져 있던 터라 차 안에서 밤을 보낸 것이 충격이기는 했으나, 어찌 할 수 없는 상황에 그냥 나를 내버려둘 수밖에 없었다. 빠져나갈 길이 없다고 느꼈기 때문이다. 점점 더 수렁에 빠지는 듯한 생활이 지속됐다.

그다음 날도 사무실 책상에 앉아 쪽잠을 잤다. 화들짝 놀라서 잠에서 깨보니, 강의 시간까지 한 시간밖에 남지 않았다. 다행히 어제 입은 정장 그대로 입고 있었고, 화장도 지우지 않은 채로 잠들었기 때문에 양치만 겨우 하고 바로 사무실을 나섰다.

대전에서 안성에 있는 대학까지 50분 이내로 가야 하는 상황이었다. 그것도 아침 출근길에 말이다. 나는 고속도로에 오르자마자 정신없이 속도를 올렸다. 그러자 갑자기 뒤에서 경찰차가 쫓아오는 것이 아닌가? 나는 나를 쫓아오는 것이라고는 전혀 생각지 못했다. 그런데 경찰은 더 속도를 올리고 창문을 내리며 나에게 갓길로 주차하라고 손짓으로 신호를 하는 것이다. 그제야 정신을 차리고 속도 계기판을 봤다. 맙소사! 시속 190km로 달리고 있었다. 갓길로 주차한 나에게 경찰관은 "죽으려고 작정했어요?"라며 호되게 호통을 쳤다.

그 순간 모든 것이 멎어버렸다. 시간조차도 멎어버린 것 같았다. '나는 지금 왜 이렇게 살고 있는가? 왜 이렇게 힘들게 살고 있는가?' 답 없는 질문이 또 샘솟았다. 그리고 죽을 뻔한 나를 살린 신께 감사했다.

삶은 항상 우리에게 말을 걸어온다. 자신을 사랑하라고, 자신을 돌보라고, 깨어나라고 작은 소리로 말을 건다. 그러나 정작 우리는 그 소리가 너무 작아 잘 듣지 않을뿐더러, 그 소리에 귀를 기울이지 않기 때문에 삶이 말을 거는 소리를 그냥 지나친다. 그럴 때면 삶은 점점 더 큰 소리로 우리를 일깨운다.

나의 삶도 그랬다. 나를 돌보지 않고, 나의 가슴과 멀어져가고 있는 나에게 삶은 말을 걸어왔다. 몇 번씩이나 말을 걸어왔으나, 그 소리를 지나친 나에게 드디어 삶은 큰 소리로 나를 흔들어 깨웠다.

당시에 대학에서 강의도 했는데, 학생들과 수업하는 것은 너무 즐겁고 보람된 일이었다. 내가 맡은 과목은 특수 교양 과목이었기 때문에 다양한 시도의 수업을 했다. 학생들에게도 이 새로운 수업에 대한 입소문이 나서 나의 강의는 학생들에게 인기였다. 그렇게 학생들에게 교수 평가도 잘 받고 수업만 잘하면 되는 줄 알았다. 그러나 현실은 그렇지 않았다. 정치를 해야 했다. 학교 안에서 권력이 있는 사람에게 잘 보이기 위한 행동을 해야만 했다. 그런 것에는 소질이 전혀 없었기 때문에 대학 강의를 하는 것이 점차 불편해지기 시작했다.

하루는 대학교 교수와 지역 지성인들을 중심으로 하는 지역사회 포럼에 참여해야 했다. 그런 자리를 좋아하지는 않지만 참석할 수밖에 없었다. 대학 강의를 연결해준 교수님의 간곡한 부탁이 있었기 때문이다. 불편한 마음으로 참여한 나는 1차 포럼을 마치자마자 집으로 돌아가려 했다. 그러나 자신들의 이익을 위해 나를 희생양 삼은 그들에 의해 알 수 없는 불안감과 두려움을 느끼며, 끌려가다시피 2차 회식 자리와 3차 노래방을 갔다. 그곳에서 나는 수치스러운 일들을 겪어야만 했다. 너무 슬펐고, 분노했다. 그러나 나에게는 어찌할 힘이 없었다.

다 그런 것이라고, 그러니 잊어버리고 그냥 네가 잘나가면 된다고 말하는 이들도 있겠지만 나는 그럴 수가 없었다. 툴툴 털어버릴 수도, 그렇다고 문제를 제기할 수도 없었다.

나는 나를 그런 상황으로 몰고 간 그들에 대해 분노했고, 나 자신을 지켜내지 못한 내 자신의 무력감에 슬퍼했다. 그리고 이러한 나의 삶이 너무나 싫었다. 정말 삶을 끝내고 싶었다.

왜 나만 이렇게 삶이 힘든 것일까? 하늘에 답을 구했다. 절망했다. 숨을 쉴 수가 없었고, 내 안의 무언가가, 나의 영혼이 말라 비틀어져 가는 고통을 느껴 가슴을 움켜잡았다. 나는 쓰러져 정신을 잃었고, 잠시 후 다시 깨어났다. 나는 살고 싶었다. 아주 간절히…. 그리고 나는 살기로 마음먹었다.

내면 여행을
시작하다

살기로 마음먹은 후, 무엇부터 할지 몰랐다. 제대로 쉬어보지도, 나를 돌보지도 않았었기 때문이리라. 그래서 일단 하던 일을 중단하기로 결정했다. 번아웃으로 지쳐버린 탓에 내가 가장 먼저 할 수 있는 일은 그저 일을 그만두는 것뿐이었다. 대전 유성구에 위치한 작은 오피스에서 운영하던 교육 사업체도 폐업했다.

그리고 나는 걸었다. 매일 걷고 또 걸었다. 처음에는 동네 주변을 산책했다. 난생처음으로 발견하는 풍경들이 신기했다. 그리고 가까운 산을 매일 등산했다. 대전 수통골에 있는 빈계산을 주로 등산했는데, 가벼운 물통 하나 들고 여자 혼자서 등산하기에 아주 좋은 장소였다.

등산하면서 풀 한 포기, 나무 한 그루에 들어 있는 생명력을 봤다. 졸졸졸 흐르는 물소리와 지지배배 지저귀는 새소리를 듣노라면 마음이 간질간질 더없이 즐거웠다. 피부를 스치는 차가운 공기와 흙냄새, 풀냄새는 나의 정신을 더 깨어 있게 만들었다. 나는 한 발 한 발 내딛으며 발바닥에 의식을 집중했다. 온전히 걸음 하나하나에 깨어 있으려 집중했다. 처음 빈계산에 오를 때는 그리 높은 산이 아님에도 불구하고 숨이 턱까지 차오르며 힘들었지만, 하루하루 등산하는 날이 늘어갈수록 체력이 더 좋아지고 건강해지는 것을 느낄 수 있었다.

체력이 좋아지자 나는 제주도 올레길을 걷기로 마음먹었다. 그렇게 1년 동안 2박 3일, 혹은 3박 4일씩 시간이 날 때마다 제주도로 내려가서 올레길을 걸었다. 때로는 혼자서, 때로는 함께 올레길을 여행했다. 올레길을 걸은 것은 내 인생에서 너무나도 잘한 일이다. 그 길을 걷는 동안 인생의 많은 것을 배울 수 있었고, 많은 것을 비워낼 수 있었다. 그리고 나이 예순이 되기 전에 산티아고 순례길을 걷고 싶은 꿈까지 생겼다.

여러 책을 통해 많은 성공자들이 인생의 실패 뒤에는 반드시 걷기를 했다는 것을 접할 수 있다. 또한 위대한 철학자들은 꼭 산책을 했다고 한다. 템플스테이 프로그램에서도 걷기 명상은 꼭 들어가 있지 않은가! 나는 걷기가 인생에 중대한 영향을 미친다는 것을 온몸으로 체험했다.

걷기와 더불어 에니어그램 공부도 다시 시작했다. 이전에도 에니어그램 공부를 했지만 지속하지 못하고 중도에 포기했다. 그러나 이제 나는 살기 위해 에니어그램을 선택했다. 나에 대해 집중적으로 탐구해보고, 나를 이해하고 싶었다. 그래서 나를 발견하고 이해하는 도구로 에니어그램을 선택했다. 에니어그램은 여러 고대 전통의 영적 지혜와 현대 심리학이 접목되어 발전된 자아 발견 시스템이다. 이유는 알 수 없지만 에니어그램에 이끌렸고, 꽤 오랜 기간 진지하게 공부했다. 에니어그램 공부는 나의 삶에서 '자기 관찰'의 여정을 시작할 수 있게 해줬다.

2011년 1월, 미국의 에니어그램 코치 중 한 사람인 진저(Ginger) 박사의 워크숍이 한국에서 열렸다. 당시에 에니어그램 공부에 몰두하고 있었기 때문에 나도 그 워크숍에 참여했다. 워크숍 일정 중 어느 날이었다. 에니어그램 자기 관찰은 대표 번호를 가지고 자신의 생각, 감정, 행동 패턴을 발견하게 되는데, 그날도 그룹 세션을 했고, 다른 참가자들이 나에게 해당 번호의 패턴이 나에게 있는 것이 아니냐며 이야기했다. 정확히 어떤 것을 말했는지는 사실 잘 기억나지 않는다. 아마 자기 자신을 저버리고 스스로를 속이는 패턴인 자기 기만과 끊임없이 성취하려고 하는 성취패턴, 가치 있는 존재가 되기 위해 이미지를 유지하려는 패턴에 대한 일상의 사례를 나누는 시간이었던 듯하다. 그런데 나는 이전부터 자기 관찰과 탈동일시 작업을 상당히 해오고 있던 터라 진저 박사가 사례로 제시한 패턴의 '전부가' 나에게 해당되는 것은 아니라고 생각했다. 어떤 것은 내가 갖고 있었고, 어떤 것은 나와 전혀 동떨어진 이야기였다. 그래서 그룹원들의 이야기를 들었을 때 매우 슬펐다. 아주 깊은 곳에서 어떤 외침이 올라왔는데, '그건 내가 아니야!'라는 외침이었다. 나는 감당하기 힘든 슬픔에 울고 또 울었다.

다음 날 새벽, 워크숍에 참여하기 위해 잠에서 깼다. 그때 내 안에서 무엇인가가 깨어났다. 나는 잠에서 깨기 직전의 순간부터 눈을 뜬 순간, 그리고 침대에서 일어나 방바닥에 내딛는 발의 느낌, 화장실로 걸어가는 나의 온몸의 느낌, 세포 하나하나를 모두 자각할 수 있었다. 또한 TV, 책장, 싱크대, 벽 등 모든 사물들이 반짝반짝 신성의 빛으로 빛나고 있었다. 나는 신성의 광휘를 느낄 수 있었고, 온 우주와 하나된 느낌과 더불어 모두 연결되어 있다는 것을 알 수 있었다. 그 하나된 느낌과 에너지는 일주일간 지속됐다.

러시아의 신비가이자 영적 지도자인 구르지예프는 현대인에 대해 "잠 속에서 살고 있고 잠 속에서 태어나 잠 속에서 죽는다"라고 말했다.

뿐만 아니라 많은 영적 전통에서는 "인간은 꿈속에서 살고 있다. 꿈에서 깨어나라"라고 말한다. 그렇게 그날 내 안의 영이 잠시 꿈에서 깨어난 것이다. 꿈에서 깨어난 세상은 본연의 신성한 빛을 발산하고 있으며, 모든 것이 연결되어 있음을, 즉 불교에서 말하는 한마음, 하나임(Oneness)을 보여줬다.

어느 한가로운 아침이었다. 자리에서 일어나 아침 식사를 준비하려고 주방으로 걸어가려는 순간, 방 입구에 있는 책장 앞으로 이끌리듯이 걸어갔다. 그리고 그 안에서 반짝반짝 빛나는 책을 집어 들었다. 그 책은 슈리 푼자(Sri Poonja)의 《그대는 누구인가》였다. 책장을 몇 장 넘기니 바가반 슈리 라마나 마하리쉬(Ramana Maharshi)의 사진이 있었다. 아주 평범한 할아버지가 두 눈을 반짝이며 고요한 미소를 짓고 있었다. 한동안 그 반짝이는 두 눈에 나의 눈이 고정되어버렸다. 그러고는 내면의 아주 깊고 깊은 곳에서부터 올라오는 울음이 터져나왔다.

한참을 울었을까? 나는 정신을 차리고 배고픔도 잊은 채 침대 모퉁이에 기대앉아서 책을 한 자 한 자 정독하며 읽기 시작했다. 시간이 얼마나 지났는지도 모르겠다. 물 한 모금 먹지 않고, 화장실도 가지 않고 그대로 앉아 몇 시간에 걸쳐 책을 계속 읽어 내려갔다. 책을 읽는 내내 나는 울다가 웃다가를 반복했다. 그렇게 책을 다 읽고 고개를 들어 보니 아파트 창 너머로 저녁 석양이 지고 있었다. 맙소사! 나는 아침부터 저녁까지 그렇게 8시간가량 꼼짝 않고 앉아서 책을 봤던 것이다. 책을 덮고도 한동안 아무것도 할 수 없었다. 그저 지극한 고요 속에 가만히 눈을 감고 있을 수밖에 없었다.

'파파지'라고 불리는 슈리 푼자의 가르침이 담긴 《그대는 누구인가》에 나오는 아름다운 가르침이 나의 가슴을 적셔왔다.

"그대는 누구인가? 그대는 항상 자유롭다! 자유를 찾아다닐 필요가 없다. 다른 무엇은 찾아다녀야 한다. 자유, 깨달음, 평화, 희열은 어디에 있는가? 그것은 여기에 있다. 지금 여기에 있기 위해 무슨 노력이 필요한가? 그대 자신으로 있기 위해 해야 할 일은 아무것도 없다. 그대 자신을 신뢰하고 그대 내면을 바라보라."

나는 단 한 번도 나를 신뢰한 적 없었다. 언제나 나를 외면했고, 덮어버렸고, 무시했다. 혹은 나를 비난하고 책망했다. 스스로에게 너무나 가혹했다. 그러면서 어딘가에 계속 속박된 것 같이 느껴졌고, 그 속박으로부터 풀려나려고 노력했다. 어딘가에 있을 자유를 찾아 늘 다른 무엇인가를 동경했다. 나는 결심했다. 나의 내면으로 더 깊숙이 들어가리라고 말이다.

그러고는 갑자기 출판사가 궁금해졌다. 출판사는 '슈리 크리슈나다스 아쉬람'이었다. 나는 컴퓨터를 열어 출판사명을 검색하고 홈페이지를 열어 글을 하나씩 읽어봤다. 그러다 공지게시판의 글을 읽게 됐는데, 맙소사! 2012년 1월에 라마나 마하리쉬 아쉬람인 라마나스라맘을 방문하기 위해 남인도 여행을 한다는 것이다. 그런데 인원 모집 마감일이 며칠 남지 않았다. 나는 여러 생각할 겨를도 없이 곧바로 남인도 여행을 신청했다. 그때부터 내 안에는 무엇인가가 급속히 녹아내리고 변형되기 시작했다. 그리고 2012년에 남인도에 있는 아루나찰나산과 라마나 스라맘을 다녀왔고, 일생일대에 잊지 못할 신성의 은총을 경험했다.

  인도에 다녀온 후 이전과는 다른 사람이 되어가고 있었다. 나의 가슴에 더욱 진실했으며, 모든 삶은 나의 내면을 탐구하는 데 몰두했다. 그리고 우주는 나에게 보이지 않는 비밀을 수많은 영성 서적을 통해 알려줬다. 마치 정수리 뚜껑이 열린 채 우주로부터 쏟아지는 메시지들을 그대로 다운로드 받는 것 같았다.

  이렇듯 우리가 진지하게 자신의 내면을 들여다보기로 마음먹으면, 내면의 빛을 발견할 수 있는 기회들이 우리에게 기꺼이 찾아온다.

우리 몸에 생기는 질병은
우리가 만든 것이다

나에게 번아웃이 찾아오자 우선 나를 돌보기로 마음먹었다. 그 당시 나의 몸은 완전히 만신창이 상태였다. 좋지 않은 식습관에 운동은 전혀 할 수 없었다. 스트레스는 차고 넘쳤고, 수면 시간도 턱없이 부족했다.

오래전 동네 요가원을 다녔을 당시 몸과 마음이 가벼워지고, 너무 행복했던 기억이 났다. 요가가 너무 좋아서 '인도로 유학 갈까?'라고 생각했을 정도였다. 나는 친하게 지내던 동생을 따라 대전 시내에 있는 한 요가원에 등록했다.

그 요가원은 정말 특이했다. 다른 요가원처럼 사람들이 많지도 않았고, 하루에 한 번만 수업했다. 수업 소요 시간도 딱히 정해져 있지 않았다. 요가를 하러 가면 맨 처음 차를 마시고, 뜸을 뜬다. 그리고 몇 가지 간단한 요가 동작을 하고 난 후, 기감 수련을 하고 다시 차를 마신다. 그러면 2~3시간은 소요된다. 이런 수업이 왠지 좋았다.

요가 선생님은 차를 마시면서 이런저런 얘기를 해주셨다. 특히, 음식과 관련된 얘기를 많이 해주셨다. 자신의 건강이 너무 안 좋아서 건강해지려고 이런저런 공부를 했고, 요가와 음식에서 그 해답을 찾으셨다고 했다.

선생님은 음식에 들어 있는 합성첨가물이 인체에 미치는 해로운 영향과 자연물 그대로 섭취해야 하는 이유에 대해서 알려주셨다. 그뿐만 아니라 영양소와 음식 재료의 에너지가 그대로 살아 있는 '마크로비오틱'이라는 건강 요리법도 알려주셨다.

그때부터 나는 음식과 건강에 대해 진지하게 탐구하기 시작했다. 그 전에는 시간이 없다는 이유로 식당 음식이나 배달 음식을 자주 먹었고, 합성첨가물이 잔뜩 들어 있는 간편 조리 식품을 주로 먹었다.

하지만 요가 선생님으로부터 음식의 중요성을 배우고 난 후, 신선한 제철 식재료를 찾아 나섰다. 그리고 그것으로 '마크로비오틱' 건강 요리를 해 먹었다. 간편 조리 식품은 거의 끊다시피 했다. 배달 음식도 아예 먹지 않았다. 가끔 사람들을 만날 때만 좋은 재료로 건강하게 조리하는 식당에서 외식했다.

그렇게 식생활을 바꾸고 난 후 내 몸이 점점 가벼워지고 건강해지는 것을 느낄 수 있었다. 음식의 중요성을 절실히 깨닫는 계기가 됐다. 그 동안 아무거나 먹였던 내 몸에게 너무나 미안한 마음이 들었다.

이런 미안함을 떨치며 음식과 영양에 대해 진지하게 공부해보기로 했다. 영양과 건강을 다룬 많은 서적, 건강 요리법을 담은 책들을 읽기 시작했다. 그러다 존 로빈스(John Robbins)의 《음식혁명》이라는 책을 읽게 됐다. 이 책은 내 인생에서 또 하나의 전환점이 됐다. 책을 읽고 난 후 나는 3년간 완전채식주의자, 즉 '비건(Vegan)'으로 살았다.

비건으로 산 3년 동안 식물 영양소에 대해 더 많이 공부하게 됐다. 물론 지금은 비건이 아니다. 균형을 이룬 식물 영양소와 동물 영양소에 대한 이해의 폭이 더 넓어졌기 때문이다. 그리고 결정적으로 내가 원한 것은 '균형 잡힌 채식 우선의 식생활'이지 '채식주의자'가 되려는 것은 아니었기 때문이다.

우리 몸에 생긴 질병은 외부의 요인에 의한 것이 아니다. 히포크라테스(Hippocrates)는 "내가 먹는 것이 바로 나다"라고 말했다. 오늘 내가 먹은 음식은 나의 몸에 지대한 영향을 미친다. 내가 먹은 음식이 어떤 것인가에 따라 우리 몸은 나빠질 수도, 좋아질 수도 있다. 즉, 우리 몸에 생긴 질병은 우리 자신에게 그 책임이 있는 것이다.

요가원을 몇 달 다니고 난 후, 나는 인도에 다녀왔다. 그 후 좀 더 진지하게 요가와 명상에 몰두했다. 나는 집에서 좀 더 가까운 곳에서 요가를 수련하기 원했고, 마침 딱 알맞은 요가원을 찾았다. 그곳은 아쉬탕가 요가를 집중적으로 수련하는 곳이었다.

나는 정말 진지하게 요가 수련에 몰두했다. 아침에 일어나면 보이차로 하루를 시작했다. 보이차로 몸에 열을 내고 몸의 독소를 몸 밖으로 배출하기 위해서였다. 우리 몸은 정오까지 몸속 독소를 배출해낸다. 따라서 성장기가 아니라면 아침 식사는 되도록 가볍게 하는 것이 좋다. 그렇게 가벼워진 몸으로 요가원에 가서 2시간가량 아쉬탕가 마이솔 수련을 했다. 그 후 집에 돌아와 하루 한 끼 건강한 식사를 했다.

요가 수련을 하는 횟수가 증가할 때마다 내 몸에서는 불필요한 지방과 독소들이 떨어져 나갔다. 그로 인해 더 날씬해지면서 탄탄한 근육을 소유하게 됐고, 피부는 더욱 윤기 있고 매끄러워졌다. 요가 수련이 계속 될수록 나의 호흡은 더욱 깊어지며 폐활량이 증가했다. 또한, 호흡에 의한 에너지의 충만함도 느낄 수 있었다. 저절로 마음은 감사와 풍요로움으로 가득 찼다.

우리는 각자 건강해지기 위해 운동한다. 달리기, 걷기, 웨이트트레이닝, 테니스, 골프, 축구 등 종류도 다양하다. 내가 운동으로 요가만 하는 것은 아니다. 등산과 달리기도 좋아한다. 웨이트트레이닝과 필라테스도 즐겨 한다. 하지만 가장 좋아하고 즐겨 하는 것은 바로 요가다. 나에게 요가는 운동 이상이기 때문이다. 요가는 몸과 마음을 함께 수련하는 도구다.

요가에서는 '아힘사'를 강조한다. 아힘사는 비폭력을 뜻하는 산스크리트어로, 평화롭고 조화로운 세상을 위해 모든 생명체를 비폭력적으로 대하라고 가르친다. 나는 아힘사를 실천하면서 다른 사람들에게 더욱 친절해졌다. 그보다 더욱 중요한 것은 나 자신에게 더 친절해졌다는 것이다.

특히 요가 수련을 할 때 특정한 자세를 욕심내 무리하게 밀어붙이는 수가 있다. 그럴 때면 어김없이 부상을 당하게 된다. 이런 말이 있지 않은가? 건강해지기 위해 운동하는데, 운동하면서 가장 많이 다친다고. 이는 자기 자신에게 불친절하고 자신을 극한으로 밀어붙일 때 생기는 현상이다. 그런데 요가의 아힘사는 현재 자신의 신체 상태를 존중하고 중도를 지키며 행위하게 한다.

그렇다. 내가 나의 몸과 마음을 존중하고, 몸과 마음의 소리를 잘 듣는 것이 중요하다. 그래야 다치거나 아픈 것을 예방할 수 있고, 더 나아가 건강을 유지할 수 있다.

상담 대학원을 다니던 2009년 당시 NLP(Nuro-Linguistic Programming, 신경언어프로그래밍)를 배웠는데, 그때 신념이 나의 건강과 밀접한 관련이 있다는 것을 알게 됐다. 신념이란 언어로 구성된 특정 생각 체계를 말한다. 신념은 우리 인간에게 있어 매우 강력한 정신 체계다. 신념 때문에 국가 간에 전쟁이 일어나기도 할 정도니 말이다.

NLP에서 신념을 바꿈으로써 흡연 습관을 바꾼다든지, 복숭아 알레르기를 고치는 등의 경우는 흔히 있는 일이다. 복숭아 알레르기 같은 경우 NLP에서는 과거의 경험으로부터 비롯된 신념으로 인해 알레르기가 생겼다고 보고 있다. 그래서 그 신념을 만든 과거의 경험으로 돌아가 신념을 바꿈으로써 복숭아 알레르기를 치료한다.

이와 유사한 방법으로 치료하는 'NLP 금연 클리닉'도 있다. 나는 이와 같은 방법으로 어릴 적부터 갖고 있던 물 공포증을 극복했다.

이는 NLP가 우리 뇌에 전달되는 신호, 즉 생각을 바꾸고 그로써 우리의 감정이 바뀌게 되며, 우리 몸에도 영향을 미치기 때문이다.

《당신도 초자연적이 될 수 있다》의 저자이자 뇌 과학자, 명상가인 조 디스펜자(Joe Dispenza) 박사는 양자장에 들어가 새로운 정보의 장을 구축하고, 우리에게 새로운 감정적 상태를 만들어줌으로써 우리의 현실을 바꿀 수 있다고 한다. 그의 책에는 조 디스펜자의 워크숍을 통해 질병을 고친 사례가 많이 실려 있다. 우리가 생각하고 느끼는 방식이 말 그대로 개인의 현실을 창조한다는 것을 알게 해준다.

이는 나의 명상 경험을 통해서도 확실히 말할 수 있다. 오래전 집중 명상을 통해서 우리의 생각과 감정과 그에 따른 감각적 경험이 한 쌍으로 되어 있다는 것을 알았다.

생각이 바뀌면 그에 따른 감정이 바뀌고 그것은 곧 감각적 경험으로 나타난다. 현재 내가 어떤 질병을 갖고 있다면 그것은 과거의 내 생각과 감정 그리고 그에 따른 몸의 반응인 것이다.

다행히 우리는 그에 대한 선택권을 갖고 있다. 그 질병을 유지할 것인지, 아니면 바꿀 것인지 말이다. 사람들은 대부분 자신의 질병에 대해 '나는 바꿀 수 없어'라는 제한된 신념을 가지고 있다. 그 대신 '나는 현재의 내 상태를 바꿀 수 있어'라고 믿는다면, 진정으로 당신이 집중한다면, 내 몸은 바뀌기 시작한다. 그것도 즉각적으로 말이다. 우리 몸에 생긴 질병은 우리가 만든 것이며, 그것을 고치는 것도 우리에게 달려 있다.

더 이상 사랑받기 위해
애쓰지 않기로 하다

우리가 진정으로 자신을 사랑하게 되면, 누군가로부터 사랑을 갈구하지 않을 것이다. 그러나 애석하게도 그 진리를 아는 이가 얼마나 될까? 나 역시 그 진리에 무지했다. 되돌아보면 나는 끊임없이 타인들로부터 사랑받기 위해 애쓰며 살았다. 사랑받기 위한 애씀이 결국 나를 지치게 만들었다는 것을 내면 작업을 하면서 생생히 알 수 있었다.

2010년 속리산에서 신부님과 함께한 마음 수련 명상회는 과거를 돌아보는 아주 강력한 시간이었다. 현재 시점에서 시작해 과거로 거슬러 가며 나의 경험들을 되짚어 나갔다. 그 과정에서 내가 타인들과 관계 맺는 방식을 볼 수 있었다. 나는 내가 다른 사람들로부터 가치 있는 사람으로 인정받기 위해 끊임없이 애쓰고 있다는 것을 발견했다. 또한, 다른 사람들로부터 사랑받기 위해, 나의 가슴을 저버리며 살아왔다는 것을 알게 됐다.

나는 나를 사랑하는 것보다 다른 사람이 나를 좋아하는 것이 더 중요했다. 다른 사람들이 나를 좋아하면 내가 가치 있다고 여겼다. 그래서

늘 다른 사람들의 반응을 살피며 살아왔던 것이다. 그것은 아주 자동적
이며, 무의식적인 반응이었다.

　사랑받기 위한 무의식적 반응은 친밀한 관계에서 더욱 두드러졌다.
20대 시절, 이성 친구와의 관계에서 그것은 아주 강력하게 드러났다.
당시 초등학교 동창을 통해 하게 된 우연한 전화 한 통이 만남의 시작
이었다. 전화기 넘어 들려오는 목소리에 서로 호감을 가진 우리는 시간
을 내서 대면하게 됐고, 오랜 시간 대화했다. 대화를 나누면서 그 친구
가 나를 좋아한다고 했다. 반면 나는 약간의 호감만 느꼈는데, 그 사람
이 나를 좋아하는 것이 좋았다. 그렇게 우리는 사귀는 사이가 됐다. 지
금 생각해보면 너무 우습지 않은가? 상대방이 나를 좋아하는 것이 좋아
서 사귄다니 말이다. 아무튼 그 친구와의 관계는 그렇게 오랜 시간 지속
됐다. 오랜 시간이 지난 후, 나는 나도 모르게 그 친구가 나를 싫어할까
봐 전전긍긍했다는 것을 알게 됐다.
　나의 개인적인 시간을 뒤로하고 내가 해야 할 일을 미루면서까지 그
친구와의 만남을 우선시했다. 어느새 나는 그 친구에게 "싫어"라는 말
을 하지 못하는 상태가 되어 있었다. 그 친구와의 만남은 오래 지속됐
고, 나는 결혼할 나이가 됐다. 그때 알았다. 그 친구는 결혼할 마음이 전
혀 없다는 것을. 그리고 나는 내 20대 시간을 전부 도려내는 아픔을 견
디며 그 친구에게 결별 선언을 했다. 그리고 배웠다. 그동안 얼마나 다
른 사람에게 맞추며 살아왔는지를 말이다.

　나는 부모님으로부터 사랑받기 위해 어린 시절부터 나의 요구 사항
을 제대로 말한 적이 단 한 번도 없었다. 어릴 적 우리 집은 가난했고,

부모님은 경제적으로 힘드셨고, 피곤하셨다. 그래서 어릴 적부터 자연스레 부모님께 요구 사항을 말하는 것은 힘든 부모님을 더 힘들게 하는 것이라 믿고 있었다.

나는 하고 싶은 것도, 배우고 싶은 것도 많은 아이였다. 초등학교 고학년 시절 담임선생님이 미술을 배우고 싶어 하는 아이들에게 방과 후에 미술을 가르쳐 주셨다. 나는 미술이 너무 좋았기 때문에 방과 후에 남아서 내가 좋아하는 풍경화를 실컷 그렸다. 그런데 시간이 지날수록 그림을 그리는 데 필요한 준비물을 더 구입해야 하는 상황에 이르렀다. 나는 부모님께 미술 준비물을 더 사야 한다는 것을 말할 시도조차 하지 않았다. 그리고 선생님에게는 미술에 대한 흥미가 떨어졌다고 거짓말을 하고 미술을 포기했다.

너무 슬펐지만 부모님을 힘들게 하고 싶지 않았다. 나는 내가 그저 일찍 철이 들어서 그런 줄 알았다. 그런데 마음 수련 명상을 통해 부모님을 힘들게 하면 사랑받지 못할 것이라는 두려움이 나의 요구를 표현하지 못하게 한다는 사실을 발견할 수 있었다. 이런 나의 무의식적 두려움이 내가 타인들과 관계 맺는 방식 전반에 깔려 있었다는 것을 알게 된 것이다.

내가 너무 가엽고 안쓰러웠다. 그리고 다시는 다른 사람에게 사랑받기 위해 애쓰지 않기로 선언했다. 다른 사람에게 사랑받기 위해 애쓰는 것이 아니라 '잃어버린 자기 사랑'을 회복하기로 결심했다.

나는 한 권의 책을 통해 진정한 나 자신을 사랑해나가는 '자기 치유'의 과정을 해나가기 시작했다. 에리카 J. 초피크(Erika J. Chopich)와 마거릿 폴(Margaret Paul)의 《내 안의 어린아이》는 나를 끌어안고 보듬게 하는 강력한 치유의 책이었다. 책의 머리글에는 다음과 같은 내용이 적혀 있다.

"인간의 마음은 본래 사랑과 빛이 가득 차서 숨 쉴 때마다 그것이 흘러넘칠 정도다. 그러나 너무 많은 이들이 이 본연의 상태에서 멀리 떨어져 나가 있다. 그 상태에서 너무 멀어져버렸기에 마음속의 공허함밖에 느낄 수 없다. 공허한 그 마음을 안에서부터 채워나가는 법을 모를 때, 우리는 바깥에서 채우려고 애쓰게 된다. 중독과 동반 의존은 모두 이렇게 일어난다. (중략) 우리는 자신과 분리될 때 혼자라고 느낀다. 자신과 이어지지 않고는 타인들과도 이어질 수 없기 때문에 더욱 외로움을 느끼게 된다."

나는 내가 얼마나 관계 중독에 빠져 있었는지 깨닫게 됐다. 또 관계 중독에 빠질 때마다 어떻게 나의 마음이 더욱 공허감을 느끼게 됐는지를 알게 됐다. 나와의 연결이 먼저였다. 우선 나의 욕구를 보살펴주기로 했다. 다른 사람들이 원하는 욕구에 의해 내가 원한다고 착각하는 것이 아닌, 진짜 내가 원하는 욕구를 찾는 내적 작업을 해나갔다.

가장 먼저 어떤 상황에서도 다른 사람이 듣기 좋은 대답이 아닌 내 가슴에 진실한 대답을 하기로 결심했다. 그것이 설사 나의 연약함을 드러낸다고 하더라도 말이다. 그렇게 나는 삶 속에서 변형을 위한 노력을 하기 시작했다.

어느 날 저녁 강의를 마치고 집으로 돌아가는 길에 대학원 친구 희정이에게 전화 한 통이 걸려왔다. 희정이는 대학원 동기 중 유일하게 종종 사적인 이야기를 나누는 친구다. 그 친구와의 관계에서 나는 주로 들어주는 쪽이었다. 나의 진짜 속마음은 시원스레 잘 말하지 않았다. 그래서 일까? 나는 희정이로부터 "너는 페르소나가 너무 강해"라는 말을 종종 들어왔다. 그런데 그날은 상대방에게 나의 가슴속 진실한 대화를 한 매우 역사적인 날이었다.

희정이는 자신의 지도교수님으로부터 박사 과정에 진학하라는 권유를 받았다고 했다. 희정이의 지도교수님은 내가 참으로 존경하는 학자셨다. 교수님은 희정이의 학자로서의 재능을 알아보시고 박사 과정을 권유하셨고, 희정이는 대학원 박사 과정에서 겪게 되는 정치적 흐름에 휩쓸리는 것이 싫어 진학 고민을 하고 있다고 했다. 희정이는 그 점을 자랑하고 싶어 전화했다고 했다. 다른 사람들에게는 차마 자랑할 수 없었다는 것이다.

그 전화를 받은 나는 솔직하게 내 마음을 표현했다.

"정말 축하해 희정아. 그런데 너는 좋겠다. 그런 선생님이 있어서…. 나도 그런 지도교수님을 원했는데…. 부럽다. 친구!"

예전의 나였다면 부러워도 부럽다고 말하지 못했을 것이다. 그런데 이날은 부러운 마음을 솔직하게 표현했다. 희정이는 내가 진심으로 축하해 주고, 부러운 마음을 솔직하게 표현해줘서 기분이 너무 좋다고 했다. 그 순간 내 마음이 담백해지는 기분이 들었다. 또한 그 친구와의 사이도 더 가까워진 느낌이었다. 그렇게 우리의 우정은 더 끈끈해졌다.

당시 나는 에니어그램 공부에도 전념하고 있었는데, 돈 리처드 리소(Don Richard Riso)와 러스 허드슨(Russ Hudson)이 쓴 《에니어그램의 지혜》의 내용이 나의 가슴을 진하게 울렸다.

"당신이 생각하는 것과는 반대로 건강한 친구에게 당신의 연약한 부분을 드러내면 그들은 당신을 더 아껴줄 것이다."

나의 '잃어버린 자기사랑'은 나의 연약함을 보듬는 것이었다. 나는 진정한 나와의 연결을 멀어지게 하고, 스스로를 아프게 만들었던 잘못된 신념들을 발견해나가기 시작했다.

'나는 실수하면 안 돼.'
'아무도 나를 있는 그대로 사랑해주지 않아.'
'나는 예쁘지 않아.'
'나는 완벽해야 해.'
'나의 연약함을 보일 때, 나는 사랑받지 못할 거야.'
'나는 사랑받기 위해 끊임없이 노력해야 해.'

이처럼 아주 많은 아픈 신념들을 발견했고, 신념들을 놓아버렸다. 그리고 그로 인해 아파한 나의 내면 아이를 보듬어줬다.

'나는 있는 그대로 사랑받을 자격이 충분하다.'
'나는 나를 사랑한다.'

우리는 자기 스스로를 사랑하는 것 이상으로 타인을 사랑할 수 없다는 것을 진하게 가슴으로 깨달았다. 또한 자신에 대한 사랑을 받아들이기 전까지는 타인들의 사랑도 진심으로 받아들일 수 없다는 것을 깨달았다. 오늘도 나는 나를 진심으로 사랑한다.

인생의 매 순간은
새로운 시작점이다

　과연 우리는 인생을 예측할 수 있을까? 지금까지 내 인생은 언제나 예측 불가능했다. 그러한 인생을 통해, 삶이 나에게 쥐여주는 사건들을 통해 나는 더욱 겸손해졌고, 매 순간 삶의 경이로움을 만나고 있다.

　2012년 1월에 인도를 다녀왔다. 인도에서 더할 나위 없이 경이롭고 평화로우며 신성의 사랑으로 가득한 시간을 보냈다. 인도에 다녀온 후에는 명상과 요가에 더욱 몰두하며 살고 있었다. 그러던 그해 12월 2일, 청천벽력 같은 소식을 들었다. 바로 삼 남매 중 막냇동생이 뇌출혈로 쓰러져 응급실에서 응급조치를 받고, 중환자실로 옮겨져 생사의 기로에 있다는 것이다.

　동생은 29살이었다. 그렇게 젊디젊은 나이에 뇌출혈이라니? 그것도 생사를 목전에 두고 있다니! 눈앞이 캄캄하고 머릿속이 하얘졌다. 나는 이내 정신을 차리고 부모님이 계신 대구로 내려갔다. 병원 중환자실 앞에서 분노하는 아버지와 망연자실한 어머니를 만났다. 그때 동생의 뇌출혈이 의료 소송을 제기해야 하는 사안이라는 것을 듣게 됐다.

내 삶에 이런 일이 일어날지 전혀 예상하지 못했다. 당시 의료직에 종사하는 가까운 지인들을 통해 의견을 들을 수 있었고, 의료 소송을 제기해야 한다는 것을 명확히 알게 됐다.

너무 두려웠다. 과연 이 싸움을 내가 끝까지 이어갈 수 있을까? 왜냐하면 나는 싸움 자체를 좋아하지 않기 때문이다. 그래서 싸움이 일어날 것 같으면 그냥 뒤로 물러서는 편이다. 싸우는 상황이 너무 견디기 힘들기 때문이다. 그러나 이 사건은 뒤로 물러날 수만은 없는 일이었다.

그 당시 나는 영성 공부에 몰두하고 있는 진지한 구도자였다. 내 마음의 영적 스승인 인도 성자 라마나 마하리쉬의 가르침인 "일어날 일은 일어나게 되어 있다. 그러니 일어날 일에 대해 신경 쓰지 마라. 오직 진아(참나)* 안에 머물러라"라는 말을 깊이 묵상하며 영적 수행을 하고 있었다.

나는 많이 혼란스러웠다. '동생이 쓰러진 것이 일어날 일이라면, 살려달라는 기도조차 할 수 없는 일인가? 그냥 받아들여야 하는가? 의료 소송이 일어날 일이라면, 의료 소송을 포기하고 그냥 받아들여야 하는가?' 이러한 의문들에 대한 답을 찾고 싶었다. 그 답을 알기 전까지는 아무것도 할 수 없을 것 같았다. 너무 고통스러웠다.

나는 장기간 병원에서 머물 짐을 싸기 위해 다시 대전으로 올라왔다. 짐을 싸서 집을 나서려는데, 책장에 꽂혀 있는 책 한 권이 이루 말할 수

---

* 진아(참나) : 진아는 라마나 마하리쉬가 자주 사용했던 명칭이다. 그는 감각과 생각으로 체험하는 자기는 '진정한 나'가 아니며, 자기라고 동일시하는 것들을 모두 부정한 후에 남는 순수한 앎이 '진정한 나', 즉 '진아'라고 했다. 다른 말로는 '참나'가 있다.

없는 환한 빛을 내뿜고 있었다. 마치 지금 나를 데려가라고 말하는 것 같았다. 나는 그 환한 빛에 이끌려 그 책을 집어 들고 집을 나섰다.

대구로 내려가는 KTX 기차 안에서 책을 폈다. 그 책은 슈리 푼자의 《사랑이 오면 사랑을 하라》였다. 나는 책의 가장 뒷면을 봤고 거기에는 이렇게 적혀 있었다.

"카르마 요가, 즉 행위의 길은 그대 앞에 오는 것에서 달아나지 않는 것이다. 싸움이 오면 싸워라. 사랑이 오면 사랑하라. 이것이 카르마의 길이다. 달아나지 마라. 그대 앞에 놓인 상황들에 그냥 대처하라.

그대의 의무는 싸우는 것이고 그 결과는 그대의 손에 있지 않다. 이것들을 나에게 넘겨라. 해야 할 일은 그냥 하고 그 결과에 대해 생각하지 마라. 그 결과는 그대의 손에 있지 않다. 그냥 행동하라!"

모든 번뇌와 고통이 말끔히 사라지는 순간이었다. 나는 하염없이 울었다. 정말 대성통곡했다. 그러자 나에게는 맑은 정신, 고요한 마음, 대담함이 솟아올랐다. 나는 곧바로 기도했다.

"신이시여, 동생을 살려주세요! 그러나 그 결과는 당신께 맡깁니다. 신이시여, 의료 소송을 시작하겠습니다. 최선을 다해 진행하겠습니다. 그러나 그 결과는 당신께 맡깁니다."

나는 카르마 요가를 이해했다. 내맡김이 무엇인지에 대한 앎이 확고해졌다. 병원에서 아픈 동생 곁을 지키며 간호했고, 의료진들과 소통하며, 모든 의료 과정의 결정에 참여했다. 또한 법률사무소, 의료 소송 시민단체, 의료 분쟁 조정위원회와 같은 의료 소송 관련 기관, 단체를 찾아다니며 의료 소송을 준비했다.

의료 소송은 그로부터 약 8년 정도 이어졌다. 결과는 패소였다. 계란으로 바위 치기였다. 하지만 나는 의료 소송 과정에서 소송 상대방인 의사를 진심으로 용서했다. 그래서 미워하는 마음 없이 담담하게 의료 소송을 진행할 수 있었다.

동생을 간호하는 동안 신성의 무한한 축복과 사랑을 경험했다. 그것은 무엇으로도 표현할 수 없는 것이었다. 코마 상태에서 잠시 뜬 동생의 눈을 가만히 바라봤고, 그 눈동자 안에서 신성의 무한한 사랑의 축복을 느꼈다. 그 신성한 사랑은 나의 온 신경 세포들을 통과하며 나를 변형시켰고, 그 순간 나에게는 또 하나의 앎이 찾아왔다.

나는 무한한 근원으로부터 한 번도 분리된 적 없으며, 그 사랑은 늘 나를 향해 쏟아지고 있었음을 온몸으로, 온 마음으로 느꼈다. 나는 삶의 흐름을 완전히 신뢰하게 됐다. 비록 고통으로 느껴지는 일일지라도 그것이 나를 앎과 축복으로 이어주는 것이라는 믿음이 확고해졌다.

하나의 문을 열고 들어가면, 또 다른 문이 나타난다. 그리고 그 문을 열고 들어가면, 또 다른 문이 나타난다. 이렇게 삶은 매 순간 새로운 세계의 문을 열고 들어가는 것이라는 것을 알 수 있었다.

동생은 점점 회복되어 나는 종종 대전과 대구를 오가며 생활했다. 그때 아는 동생이 모 대기업의 스피치 동호회 교육을 시작하게 됐는데, 나와 같이하고 싶다고 연락이 왔다. 그 당시 나는 기업 교육을 하지 않겠노라 선언한 지 몇 년이 지난 상태였다. 하지만 이제는 삶의 흐름에 전적으로 나 자신을 맡기기로 하지 않았던가! 나는 흔쾌히 제안을 수락했고, 또 다른 문을 열고 들어가게 된 것에 감사했다.

스피치 동호회 교육을 몇 주간 했을 때 함께하던 동생이 임신해서 강의할 수 없는 상황이 되어, 나는 혼자 강의할 수밖에 없었다. 그런데 그것이 또 다른 새로운 흐름으로 나를 인도하고 있음을 전혀 예상하지 못했다. 혼자 강의를 진행하는 데다 때마침 회사 내의 일이 많아지기 시작하면서 스피치 교육 마지막 주차에는 단 2명의 회원만이 남아 있었다.

남은 2명의 회원과 함께 새로운 동호회를 시작했다. '나를 찾아가는 여행'이라는 동호회였다. 그렇게 시작한 동호회는 한 주 한 주 새로운 회원들이 늘어나기 시작했다. 진지하게 자신을 찾고, 진리를 찾으며, 내면의 평화를 찾고 싶어 하는 이들로 채워지고 있었다.

그 당시 대전의 평생교육기관에서도 강의를 했다. 그곳에서 공부하던 이들 중 진지하게 자신을 탐구하고자 하는 이들을 모아 함께 내면을 찾아가는 모임을 하고 있었다. 나는 네이버 밴드에 <제4의 길, 삶으로 깨어나기>라는 모임을 만들어 이 두 모임을 통합했다. 그리고 얼마 뒤 대전 영평사에서 정식으로 '삶으로 깨어나기 Silent Retreat'를 1박 2일로 진행했다.

그렇게 온라인 영성 공동체가 만들어졌으며, 그 모임은 지금까지 이어지고 있다. 올해(2024년) 이 공동체가 만들어진 지 벌써 10년째다. 이렇게 긴 시간 동안 이어질지 누가 상상이나 했겠는가?

그렇게 순탄하게 이어질 것 같던 나의 삶 앞에는 또 다른 거대한 문이 기다리고 있었다. 그것은 바로 아버지의 갑작스러운 죽음이었다. 2015년 아버지는 간암 선고를 받으셨고, 선고를 받은 지 두 달여 만에 돌아가셨다. 나는 이제 가장이 되어 홀로되신 어머니와 병상에 누워 있는 동생을 책임지기로 마음먹었다. 그런데 역시나 삶은 나를 그 길로 인도하지 않았다.

아버지가 돌아가시고 난 후, 어느 날 어머니가 우시면서 나에게 이렇게 말씀하셨다.

"네가 결혼하지 않고 있으니, 그것이 나에게는 짐과 같다. 내가 죽어서 네 아빠 볼 낯이 없다."

내가 짐이 된다니! 내게는 정말 충격이었다. 나는 가장이 되기로 마음먹었는데 말이다.

삶은 나에게 결혼을 하라고 말하고 있었다. 나는 그 말을 따르기로 했다. 지금 이 순간의 현실을 받아들이고 내맡겼다. 그러자 착하고 듬직하고 한결같은 남편과 모든 것을 이해해주시는 시부모님을 만났다. 마치 돌아가신 아버지가 우리 세 식구를 시댁에 잘 맡긴 것 같은 느낌이었다. 그렇게 나는 평범한 주부가 됐다.

평범한 주부의 삶을 살아가며 내 안의 저항과 불편함을 발견하고, 내려놓는 삶으로 나아갔다. 삶은 나를 더 깊은 영적 수행의 길로 인도했다. 나의 영적 깨달음은 더 무르익고 깊어졌다. 나는 또 하나의 문을 열고 들어선 것 같았다.

지금 돌이켜 보면, 삶의 흐름은 실로 경이롭다. 우리 인생은 늘 새로운 시작점의 연속이다. 그 시작을 두 팔 벌려 환영하고 맞이할 때, 우리는 인생에서 더 많은 사랑과 축복의 충만함을 경험할 수 있으리라.

과거에서 벗어나기 위해
용서해야 한다

"너의 죄를 사하노라" 이 말은 "내가 너를 용서한다"라는 뜻이다. 나는 오늘도 우리 아이에게 "엄마가 아까 너를 충분히 기다려주지 못해서 미안해"라고 말했고, 아이는 "엄마, 내가 내 마음대로 하려고 해서 미안해요"라고 말했다. 이렇듯 우리는 하루에도 여러 번 용서를 구하고 용서를 한다. 우리 삶에서 진정으로 용서를 구하고, 용서하는 이가 얼마나 될까? 우리는 왜 용서를 해야 할까? 과연 누구를 용서해야 할까?

나를 찾는 내면 여행을 시작하면서 '용서'의 참뜻을 알고 싶었다. 진정으로 알고 싶다면 그것을 알 수 있는 기회는 찾아오기 마련이다. 2010년 속리산에서의 명상 수련회는 내가 용서를 알게 된 첫 번째 기회였다. 맑고 깨끗한 속리산 아래, 조용한 주택 단지에 위치한 전원 주택에서 황 신부님을 모시고 마음 수련 명상회가 열렸다.

나는 이전에도 가끔 명상을 시도했지만, 명상하기 위해 앉으면 졸음만 쏟아졌기 때문에 약간 걱정이 됐다. 그러나 이제는 물러서지 않으리라 다짐했다. 걱정과 두려움이 있었지만 아이의 마음으로 과정에 충실히 따르기로 한 것이다. 첫 명상은 빛 명상이었다. 정수리에서부터 내리쬐는 밝고 맑은 태양빛은 나의 얼굴과 온몸을 타고 발끝까지 흘러내렸다. 알 수 없는 따스함과 위로 같은 것이 느껴졌다.

첫 번째 명상이 끝나고 본격적인 마음 수련 명상을 시작했다. 마음 수련 명상은 나의 인생을 돌아보며 그 안에서의 사건, 사람, 기억들을 지워나가는 수련법이다. 나는 눈을 감고 조용히 마음을 가라앉혔다. 그리고 가장 최근의 기억부터 떠올렸다. 그리고 그 기억을 저 지구 밖 태양의 불길 속으로 던져버렸다. 나는 점점 더 무의식의 기억 속으로 들어갔다. 어린 시절 부모님과의 수많은 사건 속으로 들어갔다. 특히 엄마와의 관계에 대한 기억이 많이 떠올랐다. 어린 시절 엄마로부터 칭찬 한번 들어 본 적 없었던 나는 그것이 얼마나 나를 서럽게 했는지 알게 됐다. 그리고 그것으로부터 비롯된 원망과 슬픔을 놓아줬다. 그리고 더 깊은 무의식으로 들어가 그 속에서 두려움, 분노, 원망, 슬픔을 발견하고, 놓아주고를 반복했다. 나는 한도 끝도 없이 흘러내리는 눈물, 콧물로 범벅이 됐다.

마음 수련 명상회는 2박 3일간 지속됐다. 이튿날 갑자기 앞이 보이지 않을 정도로 장대비가 쏟아져 내렸다. 어제 마음 수련을 한 덕이었을까? 그 빗속으로 당장 뛰어들고 싶었다. 아주 잠시 멈칫했지만, 이내 내 안의 어떤 순수한 용기가 나를 그 빗속으로 뛰어들게 했다. '옷이 젖으면 어떡할까? 갈아입을 옷은 가지고 왔나?' 하는 걱정은 하지 않았다. 그저 마당의 잔디밭에 맨발로 뛰어나가 우산도 쓰지 않고 그대로 장대비를 맞았다. 빗방울이 매우 굵어서 맞으면 아플 정도였다. 정수리, 얼굴, 팔 온몸에 장대비를 맞았고 흠뻑 젖어버렸다. 나는 너무 신이 나서 아이마냥 마당을 이리저리 뛰어다녔다. 그러고는 어느 순간 '펑!' 하는 느낌과 함께 가슴에 막혀 있던 무엇인가가 뚫리면서 하염없이 깔깔거리고 웃었다. 자유 그 자체였다.

나는 그때 '용서'의 참맛을 봤다. 내 안의 관계와 그 관계 안의 기억과 감정을 인정하고 놓아버리는 것이 용서이며, 그 용서를 통해 자유가 찾아온다는 것을 말이다. 정말 신의 사랑과 축복이 넘치는 순간이었다.

내 안에서 엄마와의 관계를 용서해서일까? 엄마를 보기가 좀 편해졌다. 사실 대학 졸업 후 일부러 집에서 멀리 떨어진 부산으로 첫 직장을 잡았다. 그리고 서울로, 대전으로 이사를 다녔지만 대구로는 가지 않았다. 엄마로부터 독립하고 싶었기 때문이다. 그리고 늘 바쁘다는 핑계를 대며 본가에는 명절을 제외하고는 거의 가지 않았다. 무의식적으로 내 안에서 계속 엄마를 밀어내고 있었다.

내 안에서 엄마와의 관계를 회복하고 나니 엄마가 보고 싶어졌다. 그래서 다음 주말에 대구로 내려갔다. 내가 오기를 오매불망 기다리던 아버지는 동대구역으로 마중을 나오셨다. 동대구역 가까이에 집이 있었기 때문에 아버지의 손을 꼭 잡고 함께 데이트를 하며 집으로 걸어갔다. 있는 그대로 나를 믿어주고 인정하는 아버지의 무한한 사랑을 느낄 수 있었다. 지금도 아버지를 떠올리면 너무나 큰 사랑에 가슴이 아리고 눈물이 난다.

집에 도착한 다음 날 부모님이 자주 가시는 팔공산을 함께 등산했다. 아빠가 눈치를 채셨는지 엄마와 함께 산에 오를 시간을 주시면서 조용히 앞서 나가셨다. 그리고 나는 엄마와 등산하는 내내 많은 대화를 나눴다. 어린 시절 엄마로부터 칭찬 한번 받지 못해 속상했던 이야기부터 학창시절 이야기까지. 그때 너무 속상했노라고, 엄마가 많이 미웠노라고, 정말 원망하는 마음 없이 맑고 담백하게 엄마에게 고백했다.

내가 마음을 열어 사심 없이 솔직하면, 상대방도 마음의 빗장을 열어 자신의 솔직함을 드러낸다는 것을 그때 알았다. 처음으로 엄마의 솔직한 마음을 들을 수 있었다. 그때 엄마도 어쩔 수 없었다고, 아주 작은 칭찬이라도 하면 내가 교만해질까 봐 그랬다고 말이다. 또한 내가 외국에 교환 학생으로 가려고 했을 때 그렇게 반대했던 것은 외국에서 나를 잃어버릴까 봐 너무 무서워서 그랬다고 말이다. 엄마의 나를 향한 사랑이 고스란히 느껴져 내 눈에는 말없이 눈물이 주르륵 흘러내렸다.

나는 나의 발목을 잡았던 과거의 원망과 슬픔이 사라지는 것을 느꼈다. 그와 더불어 이제 나는 다른 사람으로 나아가고 있다는 것을 직감했다. 그렇게 '용서의 위대함'을 경험했다.

그 이후로도 지속적으로 내 안의 기억을 놓아주고 용서했다. 오로지 내가 할 수 있는 것은 내 안의 것들을 용서하고 놓아주는 것이리라. 외부에 불편하다고 인식되는 이가 있다면 즉시 내 안으로 들어가 나의 기억을 놓아줬다. 과거에 나를 농락한 이들, 사건, 시간, 그곳의 나 모두를 빠짐없이 놓아주는 작업을 이어갔다. 일상의 매 순간마다 마주하는 과거의 나와 기억들을 놓아주고, 용서했다.

어느 화창한 가을, 집 앞 계단을 내려가다 내 안의 용서가 감사의 마음을 불러일으켰고, 이는 어머니, 아버지에 대한 무한한 사랑과 감사로 이어졌다.

그때 내 마음에서 어머니와 아버지에 대한 사랑과 감사의 노래가 흘러나왔다.

<감사>

어머니
당신의 그 순수함에 저는 정화됩니다.
어머니
당신의 그 순박함에 저는 웃음을 멈출 길이 없습니다.
어머니
당신의 눈부신 아름다움에 저는 할 말을 잃었습니다.
아버지
당신의 사랑에 저는 고개를 숙입니다.
아버지
당신의 헌신에 저는 경의를 드립니다.
아버지
당신의 깊은 아름다움에 저는 눈물만이 흐릅니다.
아버지, 어머니
그 위대함 앞에 그 아름다움 속에
달리 표현할 수 있는 것이 아무것도 없습니다.
사랑합니다. 사랑합니다. 사랑합니다.
고맙습니다. 고맙습니다. 고맙습니다.
사랑으로….

내가 알고자 할 때, 우주는 다양한 방법으로 내가 알 수 있는 기회를 제공한다. 나는 삶의 경험을 통해 '용서'를 배웠다. 또한, 앞선 위대한 책을 통해 '용서'를 배울 수 있었다.

강구영이 번역한 《기적수업》은 나에게 '용서'에 대해 흔들리지 않는 이해를 갖게 했다. 다음은 기적수업 워크북 'ST-221 용서'에 관한 내용이다.

"용서란 형제가 그대에게 행했다고 생각한 것이 실제로는 일어난 적이 없었음을 인지하는 것이다. 죄를 사면함으로써 오히려 죄를 실재로 만드는 것은 용서가 아니다. 용서는 죄란 없었음을 보는 것이며, 따라서 모든 죄가 사해진다. (중략) 용서는 단지 바라보고, 기다리며, 판단하지 않는다. (중략) 그러므로 아무것도 하지 말고, 용서가 성령을 통하여 그대에게 무엇을 할 것인지 보여줄 수 있도록 하라. 성령은 그대의 참 안내자요. 참 구원자요. 참 보호자이며, 그대가 궁극적으로 성공할 것임을 확신한다. 성령은 이미 그대를 용서하였다."

성령은 이미 그대를 용서했다. 내가 나의 삶에 책임이 있음을 정직하게 알아차리자. 나의 과거를 놓아주고 온전한 용서의 과정을 통해 사랑으로 나아간다면 우리는 진정한 자신을 발견하고, 자신이 가진 힘을 발견하게 된다. 나는 오늘도 나 자신을 용서하고 사랑으로 나아간다.

2장

다른 무언가가 되려는
노력을 내려놓다

'좋은 사람 되기'를
내려놓다

나는 이제까지 내가 살던 방식과 다른 삶의 방식을 익혀나가고 있었다. 진정한 나 자신으로 살아가는 법 말이다. 그동안 진정한 나와 멀어지게 했던 것이 무엇이었는지 관찰했다. 그리고 그중 하나가 '좋은 사람'이라는 정체성을 추구해왔다는 것임을 알아차렸다.

나는 거절을 못했다. 그래서 늘 업무가 과중했고 만남이 버거웠다. 나의 몸과 마음을 돌볼 시간은 저 멀리 있는 듯했다. 그래서 먼저 이 '좋은 사람'이라는 정체성을 내려놓는 연습을 하기로 했다. 정신을 바짝 차려야 하는 연습이었다.

어느 날 엄마에게서 전화가 왔다.

"윤미야, 네 아빠가 병원에 입원했다. 감나무에서 떨어져서 갈비뼈가 부러졌단다."

다행히 머리를 다치거나 부러진 다른 곳은 없다고 하셨다. 나는 한달음에 대전에서 대구로 내려갔다. 아빠가 입원한 병실을 찾아가니 아빠는 반가우면서도 미안한 얼굴로 나를 맞아주셨다.

"윤미한테 말하지 말라고 했는데, 네 엄마가 또 전화했구만. 허허⋯."

아빠는 주말에 엄마와 함께 감나무 농장에 감을 따러 가셨단다. 그리고 감 따는 데 너무 열중한 나머지 감나무 가지 위에 올라갔다가 가지가 꺾이면서 바닥으로 떨어지셨다고 했다.

담당 주치의를 만나 아버지의 상태를 들어보니 생각보다 아주 많은 갈비뼈가 부러졌다고 했다. 거의 전부 부러졌다고 해도 과언이 아니었다. 머리를 다치지 않은 것이 천만다행이었다. 게다가 갈비뼈가 워낙 많이 부러진 탓에 몸을 제대로 일으킬 수 없었던 아빠는 침대에 끈을 매달아서 그것을 잡아당기며 몸을 일으키셨는데, 그러다 보니 서혜부 탈장까지 온 지경이었다. 나는 아버지 곁을 지켜드리고 싶었다.

아버지는 나에게 각별한 분이다. 굳이 말하지 않아도 마음으로 통하는 그런 사이라고 할까? 나에게 무한한 신뢰와 사랑을 주셨다. 나 또한 아버지를 무한히 신뢰했고 존경했다.

나는 당시 대전에 위치한 소아과 병원 직원 교육을 하고 있었다. 내가 아버지 곁을 지키면 교육 스케줄에 차질이 생길 것이 뻔했다. 아마 예전 같았더라면, 아버지의 상태를 확인했으니 엄마와 동생에게 아버지를 잘 돌봐달라고 부탁하고 다시 대전으로 올라갔을 것이다. 가족보다는 일에 대한 약속을 지키는 것이 더 중요했기 때문이다. 그리고 그것이 책임감 있고 좋은 사람, 멋진 사람이라고 여겼기 때문이다. 그러나 나는 '좋은 사람 내려놓기'를 하고 있지 않은가. 무엇보다 그동안 일에 매진하며 등한시했던 가족 곁을 조금이라도 더 지키고 싶었다. 나의 가슴이 진정 원하는 것을 따르고 싶었다.

그간 가족을 소중하게 여기지 않았던 마음이 나를 아프게 했다. 교육 약속을 끝까지 지키지 못해 '무책임한 강사'라는 이야기를 듣더라도 어쩔 수 없었다. 나의 가슴이 아버지 곁을 지키라고 말하고 있었다.

나는 내 가슴의 소리를 따르기로 결정했다. 병원 교육을 연결해준 강사님께 전화해 사정을 이야기하고 강의를 못 하게 되어 미안하다고 했다. 감사하게도 그 강사님이 내 사정을 이해해주며, 강의는 염려하지 말고 아버지 간호를 잘하라고 걱정해주는 것이 아닌가. 형용할 수 없는 안도감, 위로, 따스함이 나를 감쌌다.

'좋은 사람 내려놓기' 연습은 성공적이었다. 나의 가슴을 따랐을 뿐인데 비난받지 않았다. 용기가 생겼다.

2010년 나를 돌보는 것을 최우선으로 한 나는 최소한의 경제 활동만 하고 있었다. 운영하던 교육 사무실을 폐업하면서 많은 손실을 감당해야 했다. 당시 내 수중에는 돈이 거의 없는 상태였다. 돈이 너무 없을 때는 알라딘 중고 서점에 책을 팔아 생활비를 마련하기도 했다.

하루는 내가 공부하던 에니어그램 영성연구소 소장님 큰따님의 결혼식 날이었다. 나는 고민했다. 결혼식에 참석하자니 수중에 돈이 없었고, 참석을 안 하자니 도리가 아닌 것 같았다. 통장에는 찾을 돈이 없었다. 주머니란 주머니를 다 뒤지고 지갑을 탈탈 털었더니 단돈 3만 원이 나왔다. 나의 전 재산이었다.

나는 용기를 냈다. '좋은 사람 내려놓기'를 실천 중이지 않은가. 내가 기존의 좋은 사람이라는 정체성을 유지하려고 했다면 누군가에게 돈을 빌리려고 했을 것이다. 그러나 나에게 정직하기로 결심했고, 전 재산을 부끄럼 없이 축의금으로 내기로 했다.

나는 결혼식에 참석해 전 재산인 3만 원을 축의금으로 냈다. 얼굴이 약간 화끈거렸지만 나에게 정직했고, 그럴싸해 보이는 것을 선택하지 않은 스스로가 뿌듯했다. 그리고 결혼식을 지켜보는 내내 온 마음을 다해 축하했다.

그날 나는 알을 깨고 나온 느낌이었다. 나에게는 지금 있는 그대로의 나 자신을 인정하고 드러내는 용기와 믿음이 자라나고 있었다. 또한, 점점 더 나의 가슴과 친해져 갔다.

나는 가슴의 빗장을 점점 더 풀어헤쳤다. 그리고 날것의 나를 점점 더 드러내기 시작했다.

2011년 6월, 세계적 에니어그램 교사 중 한 사람인 록산느(Roxane) 박사의 에니어그램 딥코칭 워크숍에 참석했다. 워크숍에 참석한 나는 나의 가슴을 완전히 열어 젖혔다. 워크숍 초반에 록산느 박사에게 "나는 나의 가슴을 못 찾겠어요. 나는 나의 심장을 잃어버렸어요"라며 울면서 호소했다. 너무 간절했다. 진정 나의 가슴을 깊게 만나고 싶었다. 워크숍의 수많은 사람들이 나를 어떻게 생각할지는 아무런 상관이 없었다.

진정한 나 자신으로 있고 싶었다. 록산느 박사의 가이드에 따라 나의 가슴을 만나는 작업을 했다. 드디어 나의 깊은 영적 가슴을 만났다. 깊은 내면에서부터 차오르는 눈물을 흘렸고, 나의 영적 가슴은 심장을 통해 말하고 있었다. 나의 심장은 갓 태어난 아이의 심장처럼 약동했다.

절대 잊을 수 없는 가슴의 언어였다. 나는 그 이후로 절대 가슴을 외면하지 않겠노라 다짐했다. 그리고 어떤 일이 있더라도 나의 가슴 안에서 진실하겠노라 다짐했다.

우리가 이런 영성 워크숍에 참여할 때 많은 사람들 앞에서 자신을 그대로 내보이는 것은 쉽지 않은 일이다. 특히 영성 워크숍은 자신만이 알고 있는 자신의 치부와 못난 모습을 그대로 드러내야 하기 때문이다. 그러나 진정 자신이 변형되기를 원한다면, 자신을 낱낱이 드러내는 용기가 필요하다. 나는 가슴을 외면하지 않고, 어떤 일이 있더라도 나의 가슴에 진실하겠노라고 한 다짐을 잊지 않았다. 록산느 박사와의 워크숍 기간 내내 날것 그대로의 나 자신을 드러냈다.

그 과정을 통해 남들이 나를 어떻게 생각하는지에 대한 염려를 내려놓고, 오롯이 나의 가슴을 신뢰하고 나의 가슴에 정직할 때, 더 성장하고 자유로워진다는 것을 알 수 있었다.

남인도 침묵 여행을 다녀온 후인 2012년 2월, 나는 세계적 에니어그램 교사인 러스 허드슨의 에니어그램 워크숍에 참석했다. 이번 워크숍에서도 나의 가슴을 열고 나를 그대로 내보였다. 다른 사람들의 시선 따위는 중요하지 않았다. '그럴싸하게 좋은 사람'이 아닌 '있는 그대로의 현재 모습'을 드러내는 것이 더 중요했다. 그것을 통해서만이 진정으로 변형될 수 있다고 생각했다. 나는 간절했다.

러스 허드슨에게 수없이 질문했다. 나를 향한 나의 수많은 의심과 두려움에 대해 질문했다. 그리고 내적 작업을 통해 나에게 찾아온 앎에 대해 가감 없이 이야기했다. 또한, 그것에 대한 피드백을 온 마음을 열고 받아들였다. 그 과정을 통해 나의 본질을 둘러싸고 있는 에고*의 껍데기들이 지속적으로 벗겨져나갔다. 에고의 껍데기들이 벗겨져나갈 때마다 나는 환하게 빛나는 빛을 마주했다.

과정이 끝나고 러스 허드슨에게 그의 책 《에니어그램의 지혜》를 내밀며 사인을 받았다. 사인에는 이렇게 적혀 있었다.

"For 오윤미.

With great appreciation for your sincerity and beautiful work. may what you have learned continue to blossom. many thanks. - Russ hudson" (당신의 진실함과 아름다운 작업에 큰 감사를 표합니다. 당신이 배운 것을 계속 꽃피우기를 바랍니다. 고맙습니다. - 러스 허드슨)

그리고 사랑을 가득 담은 눈빛으로 나에게 이렇게 말했다.

"You have beautiful heart!" (당신은 아름다운 마음을 가졌습니다!)

나는 이제 다른 이들에게 좋은 사람이 아니라 나 자신에게 좋은 사람이다. 다른 누군가에게 잘 보이기 위한 내가 아니라 있는 그대로의 나 자신을 사랑하고 있는 그대로의 나를 드러낸다.

*에고 : 자기 자신에 대한 의식이나 관념

있는 그대로의 나를 사랑하고 인정할 때, 모든 일은 저절로 펼쳐진다

우리는 얼마나 자신을 있는 그대로 사랑하고 인정하고 있는가? 나는 어느 순간부터 나 자신을 있는 그대로 사랑하고 인정하기를 잊어버렸다. 늘 스스로 더 나은 사람이 되기를 채찍질하며 밀어붙였다. 그래서 늘 지치고 삶이 버거웠다.

나 자신을 있는 그대로 사랑한다고 해서 발전이 없거나 그대로 멈춰버리는 것이 아니다. 오히려 더 건강하게 성장한다. 그러나 자신을 있는 그대로 사랑하지 않고 끊임없이 비난하고 비판하면서 다른 사람이 되는 것으로 밀어붙였을 때 우리는 불행해지기 시작한다. 마침내 진정한 자신과의 연결을 잊어버리게 된다.

자기 자신을 있는 그대로 사랑하는 것은 아주 작은 것에서부터 시작할 수 있다. 나는 어릴 적부터 눈이 나빠 초등학교 5학년 때부터 안경을 썼다. 학창 시절 내내 안경을 쓰다가 대학 졸업 후 직장 생활을 시작하면서 콘텍트렌즈를 착용했다. 안경 쓰는 것이 불편해서라기보다는 외모 콤플렉스 때문이었다. 나는 더 예뻐지고 싶었다. 예뻐지고 싶은 욕망이 나쁘다는 것은 아니다. 안경 낀 나 자신을 사랑하지 않았다는 것이 중요한 핵심이다. 나를 사랑하는 연습을 하면서 오랫동안 콘텍트렌즈를 착용함으로써 혹사당한 나의 눈에게 미안했다. 그래서 눈을 돌보기로 하고 다시 안경을 썼다. 안경을 착용하니 그렇게도 편할 수가 없었다. 또한 안경 낀 내 모습이 너무나 예뻐 보였다. 그리고 지금이라도 눈을 돌볼 수 있게 된 것에 감사했다.

그러던 어느 날, 안경을 다시 맞추기 위해 안경점에 들렀는데 안경사님이 나에게 "이 정도로 나쁜 시력이면 라식이나 라섹 수술을 해도 될 것 같은데요"라고 하는 것이 아닌가. 내가 부작용이 걱정된다고 하니, 내 시력이 심각한 고도 근시라서 부작용보다는 수술을 통한 이점이 더 많을 것 같다고 말해줬다. 렌즈를 착용할 당시에도 안과 수술을 고려했었지만 부작용이 걱정되어 수술 생각을 전혀 못 했는데, 지금 나에게 들려오는 안경사님의 말에는 신뢰가 생겼다. 그리고 그다음 주에 대전의 한 안과를 찾아가서 검사를 하고 안과 수술을 받았다. 주치의 선생님은 꼼꼼하고 친절하게 진료해줬고, 수술도 아주 잘됐다. 그리고 지금은 렌즈도, 안경도 없이 너무나 편하게 밝은 세상을 마주하고 있다. 내가 나 자신을 있는 그대로 인정하고, 진정 나 자신을 돌보기로 마음먹었을 때 나에게 필요한 일들은 알맞게 찾아온다.

제주도 올레길 여행을 하고 있던 어느 날, 장마철이었던 터라 그날도 어김없이 비가 왔다. 비는 정말 억수같이 쏟아졌다. 예전의 나였으면 '하필이면 여행 중 비가 오네!'라면서 속으로 불평하며, 비로 인해 젖는 불편함과 못생겨지는 외모에 대해 불만이 많았을 것이다. 그러나 나 자신을 있는 그대로 사랑하는 연습을 하면서 나에게 일어난 일들에 대해서도 있는 그대로 사랑하는 연습이 되어가고 있었다. 속리산 영성수련회에서 비를 맞으며 자유함을 만끽한 나는 제주도 올레길 여행 중 쏟아지는 비가 너무나 반가웠다. 그리고 가방에서 비옷을 꺼내 입고 다시 걷기 시작했다. 그렇게 한나절을 걸어 드디어 표선해변에 도착했다. 거의 하루 종일 비를 맞으며 걸었다고 해도 과언이 아니다. 신발과 양말이 다 젖은 것은 물론이고, 바지며 상의까지 완전히 다 젖어버렸다. 억수같이 쏟아지는 비를 비옷이 감당하기는 무리였다.

속옷까지 쫄딱 젖어버렸지만 더없이 자유로웠다. 태어나서 그렇게까지 비를 맞으며 걸은 것은 처음이었기 때문이다. 또한 외부로부터 나 자신을 방어하지 않으며, 있는 그대로 나를 드러내고, 있는 그대로의 자연을 끌어안아서일 것이다. 나는 그대로 좋았다.

다만 이제 숙소까지 돌아가는 것이 해결해야 할 과제였다. 그때 제주도에 살고 있는 지인으로부터 연락을 받았다. 내가 제주도 여행을 시작하면서 미리 연락을 해뒀는데 마침 그날 지인과 연락이 됐고, 물에 빠진 생쥐 꼴이 되어 지인을 만났다. 그런 나의 모습이 창피하거나 민망하다는 생각이 들기보다는 도움이 필요한 순간 절묘하게 나타난 지인에게, 그리고 이 모든 순간을 마련해준 삶의 은총에 감사했다. 천사처럼 나타난 지인 덕에 나는 따뜻한 식사를 할 수 있었고, 숙소까지 무사히 갈 수 있었다.

나 자신과 지금 내가 마주한 삶을 있는 그대로 바라보고 사랑할 때, 필요한 도움은 알맞은 시간과 방법으로 나타난다는 것을 경험했다.

동생이 뇌출혈로 쓰러진 후 거의 대부분의 시간을 동생을 돌보며 병원에서 보냈다. 동생을 돌보면서도 나의 내면 작업은 지속됐다. 나의 내면을 돌보고, 동생을 돌보며, 가족과 함께 사랑 안에 머무는 시간 동안 내 안에서 올라오는 알아차림과 사랑의 노래를 페이스북 계정에 올렸다. 따로 노트를 마련해 글을 적기보다는 늘 가지고 다니는 휴대폰을 열어 적는 것이 더 수월했기 때문이다.

또한 동생이 나아지는 경과를 사진과 동영상으로 함께 기록했다. 동생이 스스로 물을 뱉어낼 수 있던 그 순간, 동생이 가까스로 요거트를 한 숟가락 떠먹던 그 순간, 굳어 있는 손가락을 오므려 하트 모양을 만들며, '누나 사랑해'라고 표현해주던 그 순간, 모든 순간이 감사와 은총이었으므로 기록하지 않을 수가 없었다. 그렇게 동생과 함께한 순간들과 내면에서의 알아차림들을 기록했다.

다음은 나의 페이스북에 올린 글이다.

"완전한 긍정이란 '지금보다 더 잘될 거야'라고 다짐하는 것이 아니다. 우주의 신성한 법칙에는 그 어떤 것도 잘못되는 것이 없으므로…. 신성한 사랑이 근원이므로, 지금 처한 현실이 무엇이든 완전히 받아들이는 것이다. 지금 이 순간에 완전히 있는 것이다."

나는 내 모든 상황과 현실을 받아들였다. 나의 모든 모습과 나를 둘러싼 모든 이들을 있는 그대로 사랑했다. 심지어는 아버지가 간암으로 투병하시면서 아픈 아들을 돌보고자 할 때도 있는 그대로 사랑하며, 나에게 일어난 현실을 받아들였다.

"나는 아버지를 사랑합니다. 아버지는 아픈 몸을 이끌고, 아픈 아들을 간호합니다. 집에 가서 쉬시라고 말합니다. 아버지는 아픈 몸으로 아들을 간호하겠다 말하십니다. 나는 그렇게 하시라 말합니다. 나는 아버지를 사랑합니다.

아버지는 깡마른 몸과 푹 들어간 얼굴로 힘들어 한숨을 쉽니다. 나는 조금 앉아 쉬시라 말합니다. 제가 하겠다. 그만 쉬시라. 아버지는 본인이 하겠다 말합니다. 힘겨운 움직임으로…. 저는 그렇게 하시라 말합니다. 나는 아버지를 사랑합니다.

나는 아버지를 사랑합니다. 지금 이대로의 현실을 사랑합니다. 지금 이대로의 현실을 받아들입니다.

언제 아버지가 쓰러질지 알 수 없으나, 지금 아버지와 저는 오케이입니다. 아버지와 다투지 않으며, 현실과 다투지 않습니다. 지금 안에서."

하루는 지인으로부터 전화가 왔다. 몇 해 전 에니어그램 워크숍에서 함께 내면 작업을 하고 소통했던 선생님이었다. 선생님은 나의 페이스북을 오랫동안 지켜봤다고 하셨다. 마음의 감동이 일어 나에게 후원금을 전달하고 싶다고 하셨다. 뿐만 아니라 함께 마음 공부를 하던 공동체 분들이 대구로 나들이 할 겸 나를 만나러 와서 응원해주셨다. 예전 직장 동료이자 친구인 정미와 윤정이도 바쁜 일정을 쪼개서 서울에서 대구까지 나를 응원해주러 왔다. 의료 소송과는 별개로 우리 가족과 오랜 시간을 봐왔던 의사, 간호사, 재활치료사, 수녀님 등 병원에서 일하시는 분들도 우리 가족을 응원해줬다.

삶 전체가 우리 가족을 향해 사랑의 손길을 뻗었다. 밥이 없을 때면 교회 집사님께서 오셔서 밥과 반찬을 전해주고 가셨다. 엄마가 새로 담근 김치가 너무 먹고 싶다고 말할 때면, 옆 환자의 간병사님이 금방 담은 김치라며 같이 먹자고 한 접시 갖다 주셨다. 그때그때 필요한 것들이 마법처럼 뚝딱 펼쳐졌다.

"그러므로 염려하여 이르기를 무엇을 먹을까 무엇을 마실까 무엇을 입을까 하지 말라. 이는 다 이방인들이 구하는 것이라. 너희 하늘 아버지께서 이 모든 것이 너희에게 있어야 할 줄을 아시느니라."(마 6:31~32)

《성경》 말씀 그대로 우리 가족에게 필요한 모든 것을 하늘 아버지는 알고 계셨다. 우리가 있는 그대로 자신과 자신의 삶을 사랑하고 인정하고 받아들이면, 삶 그 자체로 나타난 신성은 스스로 삶을 펼쳐 보인다.

무한한 지성이
나를 안내하도록 하라

그동안 나는 내가 너무 애쓰며 살아왔다는 것을 알았다. 나는 내적 작업을 하며 나를 묶어 놨던 부정적 에너지로부터 조금씩 벗어나고 있었다. 그와 더불어 내게는 새로운 욕망이 자랐는데, 세상을 등지고 요가와 명상만 하면서 살고 싶었다. 그러나 삶은 나를 그렇게 두지 않았다. 지속적으로 일을 해야 했고, 아픈 가족들을 돌봐야만 했다. 나의 의무를 다해야만 했다. 히말라야 산속으로 갈 수 없음을 깨달은 나는 현재의 삶을 받아들였다.

나는 삶이 이끄는 대로 모두 내맡기기로 결심했다. 그리고 삶을 통해 배워야만 한다는 것을 받아들였다. 삶이 이끄는 모든 여정을 따라가며, 그 과정에서 오로지 알아차리고, 허용하며, 내려놓고 가슴 안으로 들어가는 내적 작업에 충실하겠노라 마음먹었다.

아파트 계약 만료일이 다가왔다. 집주인은 계약 연장을 하지 않고, 집을 비워 달라고 통보했다. 내가 세 들어 살던 집을 집주인 아들의 신혼

집으로 내어주기로 했단다. 당시 나는 하던 일을 그만뒀고, 최소한의 벌이를 하며, 사업 폐업 이후의 손실을 겨우 메꾸며 살고 있었기 때문에 무척 난감했다. 거주하던 아파트도 아주 저렴한 보증금에 월세를 내고 있었기 때문에 더 저렴한 집을 찾기는 어려운 실정이었다.

거주에 대한 불안, 걱정, 염려가 밀려왔지만, 이 상황을 걱정하고 염려하는 대신 삶에 내맡기기로 했다. 나의 내면을 돌보는 것이 내가 유일하게 해야 할 일임을 받아들였다. 내 안의 불안을 허용하고 지켜보고 놓아줬다. 그리고 가슴 안으로 들어갔다. 그러자 머릿속에서 불현듯 집의 조건을 바꿔서 찾아야겠다는 아이디어가 번쩍이며 지나갔다.

그동안 몇 년간 살아왔던 주변 아파트 단지 안에서만 집을 알아보다 보니 집을 구할 수 없었다. 그러다 아파트가 아닌 주택으로 이사해야겠다고 생각을 바꾸자, 이내 지인으로부터 대전 시내 중심가에 위치한 한 주택을 소개받았다. 사실 대전 시내 중심은 번잡해서 내가 그다지 좋아하는 곳은 아니었다. 그러나 삶은 그동안 내가 살던 동네와는 전혀 동떨어진 대전 시내 중심으로 들어가라고 등을 떠밀고 있었다.

나는 불평하는 대신 일단 대전 시내 중심으로 향했다. 그리고 그곳의 오래된 주택단지 동네에 이르렀다. 그곳에 이르자 알 수 없는 평화와 고요를 느꼈다. 마치 도심 중심에 떨어져 있는 외딴섬 같은 느낌이었다. 그곳은 세월을 거슬러 만난 듯한 낡은 2층 주택들로 이루어진 곳이었다. 주택 담장 사이로는 감나무가 아름다운 모습을 드러내고 있었다. 어릴 적 살던 동네와 비슷한 풍경이 너무나 정겨웠다. 그리고 알 수 없는 따스함을 느꼈다. 나는 그곳에 위치한 한 주택의 2층 옥탑방, 11평 남짓 되는 작은 집으로 이사했다. 25평 아파트에서 11평의 작은 집으로 이사한 것이다.

어느 날이었다. 집 앞 빨랫줄에 널어둔 빨래를 걷으려는데 빨래에서 너무 좋은 향기가 났다. 그 냄새가 너무 좋아서 빨래에 코를 박고는 한동안 킁킁거리며 냄새를 맡아 보니 어릴 적 집 옥상에 널어둔 빨래를 걷을 때 나는 그런 바람 냄새였다. 빨래에 묻어 있는 바람 냄새에 코를 박으니 태양 볕에 잘 말라서 까칠해진 수건의 그 까슬까슬함이 얼굴에 닿았다. 순간 동심으로 돌아간 느낌이었다. 너무나 행복했다. 한동안 그 느낌에 머물며 등 뒤로 내리쬐는 태양 볕을 받으며 서 있었다.

'아! 이 느낌을 다시 만나게 되다니!'

내가 어린 시절 가장 행복했던 순간은 등 뒤로 내리쬐는 태양 볕을 받으며 그 따스함에 잠겨 있을 때였다. 그러면 나는 한없는 사랑과 평화를 느꼈다. 뭐라 표현할 수 없는 절대 휴식 같은 느낌이었다. 그래서 그 순간을 가장 좋아했는데, 그 느낌을 지금 이곳 2층 옥탑방에서 다시 만난 것이다. 너무 감격스러워 눈물이 났다. 한참 뒤 눈을 들어 앞집을 바라봤더니 앞집 빨랫줄에도 형형색색의 빨래가 바람결에 춤추고 있는 것이 아닌가! 마치 인도의 어느 마을에 와 있는 느낌이었다.

새로 이사한 이 작은 집에서 나는 많은 보살핌을 받았다. 태양 볕, 바람, 그리고 아침을 알리는 새소리를 통해 도심 한가운데서 자연을 만끽할 수 있었다. 가을이면 2층 위까지 뻗은 감나무 가지에 달린 감을 따먹는 행운까지 누렸다.
뿐만 아니라 이웃들의 보살핌도 받았는데, 1층에 사는 아주머니는 여름이 되면 텃밭에 있는 상추를 마음껏 따먹으라고 하셨다. 갓 지은 현미

밥 한 공기에 텃밭에서 금방 딴 상추를 싸먹으면 더할 나위 없이 맛있고 풍족한 한 상이었다. 가을이면 아저씨께서 집 마당의 감나무에서 수확한 감을 한 소쿠리 따서는 문 앞에 가져다 놓으셨다. 동네 근처에 있는 재래시장의 풍부한 먹거리는 주머니 사정이 빈약한 나에게 풍부한 식탁을 선사해줬다. 삶이 어려워 보이는 순간이라 할지라도 내가 나의 삶을 신뢰하며 나아갈 때 삶은 나를 가장 알맞은 곳으로 안내한다. 삶은 살아 있는 지성 그 자체다.

인도 성자 라마나 마하리쉬는 제자들에게 "일어날 일은 일어나게 되어 있다. 일어나지 않을 일은 일어나지 않게 되어 있다. 그러니 더 큰 힘에게 맡기라. 오직 진아 안에 머물라"라고 가르쳤다. 그렇다. 일어날 일은 결국 그 일이 일어나기에 가장 알맞은 때 알맞은 모습으로 일어나게 되어 있다. 그러므로 그것을 알고 더 큰 힘, 무한한 지성인 삶의 흐름에 온전히 맡길 때 삶은 가장 자연스럽게 펼쳐진다.

나는 요가를 아주 좋아하는 요가 수련자이기도 하다. 내가 정식으로 요가를 접한 것은 간호사에서 기업 교육 강사라는 일로 전향한 지 1년쯤 지났을 때였다. 건강해지고자 우연히 방문한 동네 요가원에서 첫 요가 수업을 받았을 때, 요가가 운명처럼 느껴졌다. 인도로 유학을 갈까도 생각했다. 그러나 당시 새로운 일을 시작한 지 얼마 되지 않았기에 유학은 포기하고, 그저 일상에서 요가를 즐기기로 했다.

그로부터 8년 후쯤 건강을 회복하기 위해 요가를 다시 시작했다. 새로 등록한 요가원에서 요가 호흡법으로 몸을 뜨겁게 데우는 법, 기감 느끼기와 통기수련, 운기수련을 맛봤다. 그 경험을 통해 내가 기감이 아주 잘 발달해 있다는 것도 알게 됐다. 덕분에 나는 보이지 않는 세계에 대한 관심을 더 갖게 됐다.

이후 아쉬탕가 요가를 접하며, 하타 요가로서의 아쉬탕가 요가뿐 아니라 요가 철학에 대해 진지한 관심을 갖게 됐다. 나는 진지한 요가 수련자의 길로 나아가고 있었다. 요가 수트라에서 말하는 여덟 가지의 아쉬탕가 체계가 나의 삶이 되기를 바라며 하나씩 정성 들여 수행했다.

아울러 베단타, 우파니샤드, 바가바드기타를 비롯한 요가 경전에 관한 책을 읽으며, 하타 요가, 박티 요가, 갸나 요가, 라자 요가, 카르마 요가가 나의 삶으로 점점 더 스며들었다. 서서히 요가는 나의 삶 그 자체가 됐다. 나는 그것으로 충분했다. 그러나 삶은 좀 더 다른 계획을 갖고 있었다.

결혼 후 새로운 동네로 이사했다. 아무도 모르는 동네에서 혼자 심심하게 지내는 것보다는 내가 좋아하는 요가를 하면서 사람들도 만났으면 하는 남편의 배려로 동네 요가원을 다니기 시작했다.

요가원에 몇 달 다녔을 무렵, 요가 수련을 마치고 원장님이 나에게 지도자 과정 수업을 들어보지 않겠느냐고 물었다. 당시 자격증에 관심이 없었기에 지도자 과정 공지를 봤음에도 크게 마음이 내키지 않았지만, 이것이 어떤 신호로 느껴졌다. 그리고 나는 이 신호를 따르기로 했다. 지도자 과정 등록 비용이 적지 않았으나 남편은 흔쾌히 지지해줬다.

그렇게 요가 지도자 과정을 시작하고 얼마 지나지 않아 임신을 했다. '와! 이럴 수가!' 태교가 따로 필요 없었다. 나는 앞으로 태어날 우리 '축복이(태명)'에게 너무나 훌륭한 태교를 하게 된 것에 감사했다. 마치 요가 지도자 과정에서 배우는 요가 철학과 요가 수련이 아이를 위해 준비된 것 같았다. '아! 이래서 요가 지도자 과정을 듣게 됐구나' 싶었다. 그러나 삶이라는 무한한 지성의 계획은 그것이 다가 아니었다.

많은 시간이 흐른 후 아이가 어린이집을 다니기 시작하면서, 기업 교육 컨설팅을 하는 친구의 요청으로 기업 연수의 요가 수업을 하게 됐다. 그것만으로도 즐겁고 보람된 시간이었지만, 삶은 또 다른 계획을 갖고 있었다.

2022년 우리 가족은 괴산 청천면 삼송리 산골 아래 작은 집으로 이사했다. 맑고 고요한 이곳에서 자연이 주는 이로움을 만끽하며 내가 그토록 소망하던 자연 육아, 생태 육아적 삶을 살아가고 있다. 우리 마을은 중심가에서 워낙 떨어진 마을이다 보니 요가를 배우기가 쉽지 않다. 그래서 이곳에서 2022년 6월부터 요가 교실을 열어 마을 주민들에게 요가를 가르치고 있다. 뿐만 아니라 이웃 마을, 그 옆 마을에도 요가 수업을 열었다. 현재는 마을 중학교에서도 요가 수업을 하고 있다. 게다가 괴산 근교 지역에서도 요가 수업을 하고 있다. 뿐만 아니라 2022년에는 마을회관 기념 문화 수업으로 마을분들과 함께 '힐링 명상' 수업도 했다. 삶은 어느새 나를 푸르른 자연 속에서 소박한 요가 명상 수업을 하도록 이끌었다.

우리의 삶은 우주적 지성의 신성한 음악과 리듬, 조화로움으로 유지된다. 무한한 지성인 삶을 신뢰하고 나의 모든 삶을 내맡길 때 이러한 우주적 지성의 조화로움을 알 수 있다. 그리고 우주의 리듬에 올라타고 살아갈 때 우리 삶은 더 수월해진다.

잠재의식을 정화하고,
진정으로 원하는 것을 창조하라

'삶이란 무엇인가?'

나는 내려놓음과 내맡기기 수행을 하면서, '삶'에 대해 지속적으로 묵상했다. 그날도 나는 '삶'에 대해 깊게 묵상하며 도심을 걷고 있었다. 갑자기 섬광처럼 '아하!' 하는 느낌이 지나가고, 삶에 대한 이해가 솟아올랐다.

'삶은 생명 그 자체다. 삶은 신성의 흐름 그 자체다. 내가 나의 스토리에서 벗어나 삶 그 자체로 깨어날 때, 나는 생생하게 살아 있는 삶 그 자체로 살아간다. 그리고 나는 곧 삶이며, 삶은 곧 나다.'

이제 나는 삶의 흐름에 나를 완전히 내맡겼다. 그리고 삶을 살아 있는 선생으로 여기고 삶이 나에게 알려주는 모든 것을 통해 배워나가고 있다.

몇 해 전 아이의 중이염 때문에 집 앞 소아과에 자주 다녔다. 병원에서는 또 항생제 처방이다. 이제 고작 15개월 밖에 되지 않은 아이에게 지속적으로 항생제를 먹일 수가 없었다. 한방으로 치료할까 싶어 신뢰하는 한의사 선생님께도 여쭤보니, 한약은 두 돌이 지나고 먹이라고 하셨다. 나는 이 상황을 스스로 해결해야만 했다. 나에게 필요한 것은 딱 알맞은 때에 나타나리라는 것을 알고 있었다. 그래서 그리 조급한 마음은 없었다. 다만 마음을 열고 삶이 나에게 주는 힌트를 알아채려고 노력했다.

하루는 우연히 친한 동생과 통화하다가 아이 중이염에 효과가 있다는 영양제 하나를 소개받았다. 나는 그것이 무엇인지 정확히 알고 싶었고, 그 동생이 소개해준 연희 씨를 만나게 됐다. 연희 씨는 딱 봐도 거짓말을 전혀 못할 사람으로 보였다. 연희 씨는 자신의 아이가 그 영양제를 먹고 어떻게 좋아졌는지 알려줬고, 그 회사와 제품의 믿을 만한 객관적 정보를 나에게 전달했다. 그리고 집으로 돌아가 나에게 "이 회사와 제품을 소개하게 되어서 정말 기뻐요"라는 문자를 남겼다. 나는 속으로 생각했다. '기쁘다고?' 무엇인가 나의 가슴을 두드렸다. 곧바로 연희 씨가 보낸 창립자에 관한 영상을 봤다. 세포영양학자로서 세포영양학에 대한 열정과 노력이 고스란히 보였다. 또한 자신의 지식과 재능으로 인류의 생명 공헌에 이바지하는 이타적 사랑이 나의 가슴을 적셨다. 나는 주체할 수 없는 눈물을 흘렸다. 그 영상을 보고 또 봤다. 그리고 타인들을 위해 나도 무엇인가 행동해야 한다고 느꼈다.

오래전 나는 건강을 잃었고, 건강을 회복하기 위해 가장 기본이 되는 음식의 중요성을 알고 있었다. 그래서 아이에게는 합성 첨가물이 들어간 음식은 거의 먹이지 않았고, 유기농 식재료를 사서 정성껏 음식을 먹였지만 그것만으로는 부족했다는 것을 알게 됐다. 환경오염이 심각해진 요즘 더 많은 영양소가, 그것도 세포가 스스로를 치유할 수 있을 만큼의 충분한 세포영양이 필요하다는 새로운 지식을 배웠다. 나는 세포영양을 공부하고 도움이 필요한 이들에게 그 지식을 나누는 일을 자연스레 시작하게 됐다.

실생활에서 필요한 세포영양에 관한 정보를 전달하는 것은 어렵지 않았다. 그러나 나에게 한 가지 난관이 닥쳤다. 그것은 바로 전혀 예상치 못한 장소에서 발생했다. 함께 일하는 사람들과 한 세미나에 갔는데, 그 세미나는 사람들을 동기부여시키고 가슴에 열정을 불러일으키는 중요한 세미나였다. 그 세미나의 주요 내용은 '내가 원하는 미래는 내가 만들 수 있다'였다. 그리고 꿈과 버킷리스트에 대한 내용을 알려줬고, 드림보드를 만드는 방법을 알려줬다. 그 내용을 접하는 순간 내 마음에는 강한 저항이 밀려왔고 너무 불편했다. 아주 오래전에 나도 이 내용을 내 삶에 적용했고, 나의 교육생들에게도 자주 강조하던 내용이었다.

그러나 이제는 나의 드림보드를 만들 의사가 전혀 없었다. 그저 나의 삶을 허용하고 그 삶의 의지에 전적으로 내맡기며 살아가고 있었다. 그런데 지금 와서 오래전 내가 내려놓고 쳐다보지도 않던 드림보드를 만들어야 한단 말인가! 나는 하고 싶지 않았다. 뭔가 역행하는 기분이었다.

하지만 이제는 알고 있지 않은가! 진정 삶의 흐름에 내맡긴다면 지금 이 상황을 수용하고 나의 저항감을 다루어야 한다는 것을 말이다. 나는 고요히 나의 저항감을 들여다봤다. 힘을 빼고 저항의 에너지를 풀어줬다. 가슴 안으로 조용히 들어가 머물렀다. 그간 잊어버렸던, 탐구하고자 했던 나의 소망이 떠오르며 조용히 때가 됐다고 알려주고 있었다. 나는 오래전부터 창조의 법칙을 알고 싶었다. 그러나 그동안 창조의 법칙에 대한 관심은 내면 작업에서 일단 뒤로 미루어놓았다. 하지만 이제는 창조의 법칙을 알 때가 된 것이다.

하지만 무엇으로 창조의 법칙을 공부할 수 있단 말인가. '시크릿'이나 '끌어당김'에 관한 내용보다는 더 깊은 차원의 이해가 필요함을 느꼈다. 즉, 삶을 통해 배워야만 했다. 삶은 나에게 '돈에 대한 저항'을 놓아줘야 한다고 말하고 있었다. 나는 좀 더 적극적으로 돈에 대한 저항을 놓아버리는 작업을 이어갔다. 돈과 관련된 생애 타임라인을 따라가며 정화해 나갔다. 그리고 때마침 나에게 호오포노포노*의 가르침이 말을 걸어왔다. 나에게 축적된 돈에 대한 기억을 모조리 정화하는 방법으로 '미안합니다. 고맙습니다. 사랑합니다. 용서하세요'를 사용하라고 말이다.

꽤 오랜 시간 돈에 대한 정화를 하면서 무의식 깊숙이 자리 잡은 돈에 대한 나의 태도를 날것 그대로 만났다. 내가 그동안 돈을 사랑하지 않고 있었음을, 돈을 업신여기고 있었음을 말이다. 돈 그 자체는 나에게 항상 부담스러운 존재였다. 그래서 내 수중에 돈이 생기면, 재빨리 그 돈을 나에게서 떠나보낼 궁리를 해왔던 것이었다. 그리고 더 나아가 물질성 자체를 혐오하는 아주 깊고 깊은 무의식의 기억이 있음을 알게 됐다. 물질 세계의 삶을 기꺼이 받아들이고 살아가면서도, 더 깊은 곳에는 물질 세계에 대한 혐오가 있었던 것이다. 나는 내 안의 물질 세계에 대

---

*호오포노포노 : 고대 하와이인들의 용서와 화해를 위한 문제 해결법

해 깊게 자리한 혐오를 기꺼이 정화했다.

이제 나는 돈을 사랑한다. 진심으로 사랑한다. 그리고 이 물질 세계를 온전히 사랑한다. 물질 세계에 깃들어 있는 신성을 더 깊게 느끼고 있다.

나는 삶을 통해 작업하면서 사람들이 어떻게 시크릿에 성공하고 실패하는지에 대한 하나의 단서를 얻었다. 잠재의식이 중요했다. 우리가 아무리 원하는 미래를 상상한다고 해도 그것이 이루어지지 않는 것은 바로 지금 끊임없이 재생되고 있는 잠재의식의 기억이 정화되지 않았기 때문이다.

또한, 그와 더불어 점검해야 할 것은 '우리는 과연 자신이 원하는 미래가 과연 진정으로 원하는 미래인지 확신할 수 있는가?', '자신의 삶을 창조하고 싶은가?'다. 원하는 바를 잠재의식에 시각화나 확언으로 새겨 넣는 것을 통해 원하는 현실을 재생시킬 수 있다. 그러나 그 전에 진정 자신이 원하는 바가 무엇인지 알 때 우리는 원하는 바를 정확하게 잠재의식에 심을 수 있다.

진정 자신이 원하는 것은 무엇인가? 멋진 차인가? 아니면 사람들의 인정인가? 진정 우리 스스로에게 정직해진다면 우리는 무엇인가를 획득하기 위해 그렇게 애쓰지 않아도 된다. 또한, 원하는 바가 제대로 실현되기 위해서는 수많은 기억이 축적된 잠재의식을 정화하는 것이 우선이다. 그 정화는 '사랑합니다' 단 한마디로도 충분하다. 그러면 우리는 진정으로 자신이 원하는 것을 창조할 수 있을 것이다.

내가 하는 생각과 말이
미래를 만든다

《생각하라, 그리고 부자가 되어라》라는 책을 본 적 있는가? 이 책은 나폴레온 힐(Napoleon Hill)이 많은 성공한 사람들을 인터뷰하고 나서 그의 통찰력을 담은 책이다. 이 책의 핵심은 '생각한 대로 우리의 미래를 만든다'라는 것이다.

오래전 기업 교육 강사 일을 할 당시 '생각한 대로 이룬다'라는 내용을 접하고, 실제로 그렇게 되는지 내 삶을 통해 실험해보기로 했다. 시각화, 확언, 버킷리스트, 드림보드 등 흔히 '시크릿'이나 '끌어당김의 법칙'과 같은 종류의 가르침에서 하는 방법을 총동원했다. 결과는 어떤 것은 이루어지고, 어떤 것은 이루어지지 않았다. 하지만 대부분 이루어졌다. 그 중 가장 기억에 남은 사건이 하나 있다.

나는 매년 12월이 되면, 다음 해에 이룰 버킷리스트를 작성하는 습관이 있었다. 그해도 어김없이 버킷리스트를 작성했고, 버킷리스트 중 한 내용으로 '해외에서 강의하기'를 적었다. 해외에서 강의하는 것은 당시의 나로서는 거의 가망이 없는 일이었다. 해외 지사가 있는 대기업에 다니는 것도 아니었고, 해외에 지인이 있는 것도 아니었다. 하지만 밑져야 본전 아니던가. 나는 버킷리스트를 작성했고, 해외에서 강의하는 것을 시각화한 다음 그 내용을 거의 잊었다. 다만 다이어리를 펼쳐 볼 때, 피식하고 한번 웃는 것이 다였다. 마치 기대하지 않는 선물이나, 상상만으로도 즐거운 선물 같은 것이었다.

그다음 해에 전 직장에서 함께 근무했던 친구로부터 전화가 왔다. 본인 회사 거래처 사장님이 베트남에서 큰 리조트를 인수했는데, 와서 강의해달라고 했으나, 자기는 직장인이어서 안 되니 다른 사람을 소개해주겠다고 했단다. 그런데 내가 생각이 나서 전화를 했다는 것이 아닌가. 나는 그 리조트 사장님과 통화를 했다. 마침 국내 강의 일정 사이에 딱 2주의 여유 시간이 있었고, 그 기간에 베트남을 다녀오면 됐다. 그렇게 바로 약속을 잡고 베트남에서 베트남인들을 대상으로 강의를 하고 왔다. 게다가 100명 가까이 되는 베트남 직원들에게 나의 한글 이름을 직접 써 넣은 교육 수료증을 발급했다. 기적 같은 그 일 이후 글로 쓰면 이루어진다는 것을 자연스레 인정하게 됐다.

영화 《시크릿》의 출연자이자 '끌어당김의 법칙'으로 많은 대중들에게 강의했던 밥프록터(Bob Proctor)는 우리의 잠재의식은 활짝 열려 있으며, 주변의 것을 편견 없이 받아들인다고 했다. 그리고 잠재의식을 마치 땅과 같이 표현했다. '콩 심은 데 콩 나고, 팥 심은 데 팥 난다'라는 속담이 있다. 우리의 잠재의식에 심은 생각과 행동은 고스란히 싹이 트고 자라나 밖으로 드러나게 되어 있다. 그런데 우리가 바라는 바에 대해 딱 한번 말하고, 평소에는 기존의 습관대로 말하고 행동하며 살았다면, 결국 우리의 잠재의식에는 기존에 심겨져 있던 것들이 자라날 수밖에 없다. 그래서 밥 프록터는 자신이 원하는 그림을 그렸어도 '반복'을 통해 잠재의식 속에 생각을 심으라고 했다.

오늘 우리가 경험하는 것은 이제껏 나의 잠재의식에 축적된 생각과 행동의 결과다. 따라서 한번 원하는 것을 생각했다고 해서 그것이 바로 내 미래에 나타날 리는 만무하다. 만약 평소에 결핍, 분노와 같은 생각이 잠재의식에 잔뜩 심겨져 있다면 결국 새로 하는 하나의 생각은 뿌리를 내리기 힘들 것이다.

우리 집 텃밭에는 쑥이 아주 많이 자란다. 실은 이미 쑥이 땅을 점령한 상태다. 그래서 내가 텃밭에 상추를 키우고 싶으면, 상추를 키울 자리에 쑥 뿌리를 뽑아내고 상추씨를 심는다. 그리고 상추씨가 자리를 잘 잡을 수 있도록 주기적으로 돌봐줘야 한다. 물도 주고, 볕도 쬐이고, 새로 자라나는 쑥도 뽑고 말이다. 그러고 나면 상추는 자리를 잡고 잘 자란다. 그제야 비로소 우리 집 식탁에 상추를 올릴 수 있다. 우리의 잠재의식도 우리 집 텃밭과 마찬가지다.

우리가 경험하는 현실은 자신의 내면이 밖으로 드러난 것이다. 하와이 영적 지혜인 '호오포노포노'에서도 우리가 경험하는 모든 것은 우리의 잠재의식인 우니히피리의 기억의 재생이라고 했다. 호오포노포노에서는 우리의 본래 모습을 회복하기 위해 '정화'를 가르친다. 정화를 통해 우리 본래의 모습을 회복하면 영감이 이끄는 대로 삶을 살아가기 때문이다. 만약 '시크릿'이나 '끌어당김의 법칙'과 같은 '현실화' 방법들이 자신에게 잘 실현되지 않는다고 여긴다면, 먼저 '정화'를 실천해보길 바란다. 그렇게 잡초들을 뽑아낸 다음 자신이 원하는 바를 심어보자.

사실 나는 원하는 현실을 창조하는 것을 내 삶에 그리 많이 적용하는 편은 아니다. 다시 말해 내가 삶에 큰 변곡점을 맞이하고 내 마음을 진지하게 들여다보기 시작하면서부터는 흔히 끌어당김의 법칙 강의들에서 말하는, 원하는 현실의 '상황을 창조'하는 것을 하지 않는다고 하는 것이 더 정확하다.

내가 삶의 조건들에 대해 무엇을 원하느냐보다, 나의 내적 상태가 어떠한지를 가장 중요하게 여긴다. 왜냐하면 나의 내적 상태가 사랑, 평화, 풍요, 기쁨이라면 그것이 그대로 외부에 드러나며, 나는 그것을 경험한다. 따라서 외부의 현실을 시각화하거나 확언하는 것보다는 나의 내면을 지속적으로 정화해나간다. 내면을 정화해나감으로써 나의 내적 에너지는 높은 진동의 주파수인 사랑, 평화, 풍요, 기쁨, 감사와 정렬된다. 그렇게 나의 내면이 창조되고 유지된다. 실은 이것이 우리 내면의 진정한 본모습이다.

나는 지금 이대로의 내 삶이 가장 완벽하다는 것을 알고 있다. 그러나 때로는 나도 원하는 것이 생기기 마련이다. 그럴 때면 '맡기는 기도'를 한다. 맡기는 기도란 신께 원하는 바를 계속 달라고 조르는 것이 아니라 말 그대로 아버지께 맡기는 기도를 하는 것이다. 즉, 원하는 바를 요청하되, 내 뜻이 아닌 당신(하느님 아버지, 신, 우주 근원)의 뜻대로 전적으로 맡긴다는 것이다. 의도는 품되 결과에 집착하지 않는 것이다.

얼마 전 괴산 산골 마을로 이사 온 후 우리 집에 사람들과 함께 명상할 수 있는 공간이 있으면 좋겠다는 생각을 했다. 하지만 가진 돈도 없었고, 건물을 지을 여건도 녹록지 않은 상황이었다. 그래서 맡기는 기도를 했다.

"아버지 지금 저희 집에 사람들이 와서 명상할 수 있는 장소가 있으면 좋겠어요. 한 10명 정도는 앉을 수 있는 곳이면 좋겠는데… 방법을 알려주세요. 그리고 제 뜻대로가 아닌 아버지 뜻대로 하옵소서. 감사합니다."

참나에게, 신께 기도하고 맡겼다. 얼마 뒤 친구가 우리 집에 놀러왔다. 내가 이곳에 명상을 함께할 공간이 필요한데 상황이 여의치 않다고 하니, '장박 텐트'를 추천해주는 것이 아닌가. '아! 맙소사! 감사합니다!' 그렇다. 튼튼한 텐트를 설치해서 '명상 텐트'를 만들면 되는 것이었다. 이는 건물을 짓는 것이 아니기에 다른 행정 절차도 필요 없었다. 그저 우리의 순 노동력만 들 뿐이었다. 우리는 마당 뒤뜰에 명상 텐트를 설치하기 위해 주말마다 노력하고 있다. 앞으로 이곳에서 많은 이들이 자신의 내면을 들여다보고, 자기 완성의 길로 나아가는 데 기여하는 공간이 되기를 소망해본다.

'Holy Hope'는 에니어그램 영성에서 우리 본질의 신성한 생각 중 하나를 나타내는 말이다. '신성한 소망' 이것은 '이미 이루어졌다'는 것을 의미한다. 우리 안에는 모든 것을 포함하는 가능성의 장이 존재한다. 그리고 그 가능성의 장에 진정으로 바라는 소망을 품으면 그것은 곧 이미 이루어진 것이다. 또한 지금 이대로 완벽하니 더 이상 소망할 것이 없다는 것을 뜻하기도 한다. 나에게 필요한 것은 이미 나에게 있다. 내가 진정으로 소망하는 것을 마음에 품으면 그것은 때가 되어 이루어질 것이다. 다만 내 뜻이 아니라 아버지의 뜻대로 말이다. 예수께서 말씀하셨다.

"너희 아버지께서 허락하지 아니하시면 참새 한 마리도 땅에 떨어지지 아니한다. 너희 머리털까지 다 세신 바 되었으니, 두려워하지 말라. 너희는 참새보다 귀하다."

내 안에는 이미 모든 가능성을 품고 있는 무한한 창조의 장이 있다. 내가 하는 생각은 그 창조의 장에서 나오는 에너지를 통해 눈앞에 현실로 펼쳐진다. 그러므로 모든 것을 가능성의 장에 맡기되 오늘 하루 나의 생각과 말을 신중히 선택한다. 오늘 내가 하는 생각과 말은 원인이 되어 내일 결과로 나타나기 때문이다. 우리의 삶은 '까르마의 법칙' 위에 있다. 즉, 원인이 있기에 결과가 있는 것이다. 대부분의 원인은 생각에서 비롯된다. 내가 하는 생각과 감정 그리고 행동이 원인이 되고, 그것에 상응하는 결과를 낳는다. 자신이 흘려보낸 에너지는 결국 자신에게 돌아온다. 무의식적으로 반응하는 생각과 말도 나에게 되돌아오고, 의식적으로 깨어서 선택하는 생각과 말도 나에게 되돌아온다. 무엇을 선택할 것인가? 내가 하는 생각과 말은 나의 미래를 만든다.

마음을 풍요와 일치시키는
감사의 법칙을 실천하다

"감사합니다. 감사합니다. 감사합니다."

아침에 눈을 뜨자마자 내가 하는 말이다.

"감사합니다. 감사합니다. 감사합니다."

자기 전에도 감사를 세 번 말하고 잠자리에 든다. 감사로 시작해 감사로 끝맺는 하루를 살아간다. 나에게 감사는 매우 중요한 삶의 태도다. 내가 더 많이 감사할수록 나의 삶은 감사와 은총으로 충만해진다는 것을 나는 알고 있다.

내가 매일 실천하는 감사의 법칙 세 가지가 있다.
첫 번째, 매일 의식적으로 감사하기
두 번째, 기대를 놓아버리고 감사를 선택하기

세 번째, 나의 말이 나의 우주를 만드는 것을 알고 감사의 언어를 사용하기

아주 오래전 나는 '감사하기 실험'을 했다. 당시 나는 기업 강의를 하는 강사였으므로 많은 책을 읽었는데, 그때 읽은 책의 상당수가 감사에 대해 강조하고 있었다. 나는 실제로 감사가 삶을 바꾸는지에 대해 궁금해졌다. 그래서 매일 감사할 것 5가지를 찾아 적는 실험을 했다.

'오늘 아침 눈을 떠 하루를 시작할 수 있어서 감사합니다. 오늘도 강의를 나갈 수 있는 곳이 있음에 감사합니다. 이른 새벽 공기가 상쾌함에 감사합니다. 음식점 문이 열려 아침을 먹을 수 있음에 감사합니다. 주차자리가 있는 것에 감사합니다.'

처음에는 5가지를 적는 것이 어렵고 어색했다. 그러나 날이 지날수록 점점 더 감사거리가 많아짐을 느꼈다. 5가지, 아니 10가지씩 적게 됐다. 실험은 한 달간 지속됐는데 놀라운 것은 내가 일상에서 만나는 것을 그냥 지나치지 않는다는 사실을 발견할 수 있었다. '감사하기 실험'을 하기 전에는 내가 만나는 환경과 사람, 사건에 대해 수박 겉핥기처럼 지나쳤다면, '감사하기 실험'을 하면서는 길에서 만나는 풀 한 포기에 감사하고, 문득 쳐다보는 하늘에 감사했다. 심지어는 살아서 숨 쉬고 있다는 그 자체에 감사했다. 그러면서 내 마음은 점점 풍요로움과 넉넉함으로 채워지는 것을 경험했다.

나는 '감사하기 실험'을 통해 얻은 혜택을 나의 학생들에게도 알게 해

주고 싶었다. 당시에 나는 대전 인근의 모 대학에 출강하고 있었다. 학기가 시작되자 학생들에게 '매일 감사한 일 5가지 쓰기' 과제를 냈다. 그리고 그것을 메일로 받았다. 수업 시간에는 자신이 쓴 '감사 5가지'를 발표하는 시간도 가졌다.

학생들의 감사하기 과제 중 인상에 남는 몇 가지가 있는데, '아침에 학교에 오려고 양말을 찾았는데, 빨아둔 양말이 없어서 두리번거리다가 방구석에 신다가 벗어둔 깨끗한 양말이 있음에 감사', '교수님이 과제를 내주셔서 감사하기를 마지못해 했는데, 과제를 할수록 감사하는 마음이 생김에 감사', '수업에 늦어서 헐레벌떡 뛰어갔는데 갑작스레 휴강이라서 감사' 등 재미있고 기발한 감사거리가 많았다.

한 학기 동안 감사하기 과제를 하면서 학생들은 학기 초보다 집중력이 높아졌고, 수업에 참여하는 태도도 긍정적이고 적극적으로 변화하는 것을 경험했다. 한 학기 수업을 마치면서 학생들에게 한 학기를 보내면서 가장 인상에 남는 것이 무엇이냐고 물어보니 '매일 감사 5가지' 과제를 하는 것이었다고 했다. 학생들은 매일 과제하고, 나는 매일 학생들의 메일을 검토하는 것이 여간 성가신 일이 아닐 수 없지만, 그때의 경험을 통해 매일 억지로라도 감사거리를 찾아서 감사하는 것이 우리의 태도를 바꾸고 삶의 경험을 바꾼다는 것을 제대로 알게 됐다.

항상 감사하는 마음을 갖는 것은 쉬운 일이 아니다. 그러나 조금만 마음을 내어 감사하기를 시작할 때 우리는 결핍이 아닌 풍요를 맛보게 된다.

오프라 윈프리(Oprah Winfrey)의 책 《위즈덤》에서 세계적인 동기부여가이자 변화심리학자인 토니 로빈스(Tony Robbins)는 감사에 대해 다음과 같이 말했다.

"어느 것에라도 감사할 수 있습니다. 불어오는 바람에 감사하고, 타인의 시선에도 감사할 수 있습니다. 무엇이든 감사할 수 있습니다. 감사하는 순간 우리 자신에게서 벗어납니다. 집착을 멈추게 됩니다. (중략) 괴로움의 대부분은 기대에서 비롯된다고 말합니다. 기대를 감사로 바꿔보세요. 그 순간에 삶 전체가 변화합니다."

현재의 나는 지금 일어난 현실에 감사한다. 지금 일어난 것 외에 다른 것을 바라지 않는다. 즉, 지금 일어난 일이 '이렇게 됐어야 했는데…', '이건 잘못된 것이야'와 같이 현재를 부정하는 말과 마음을 갖지 않는다. 나는 나의 삶을 전적으로 신뢰한다. 그래서 설사 지금 일어난 일이 최악인 것처럼 보일지라도 그것이 항상 가장 좋은 것임을 알고 있다. 이는 내가 그동안 내 삶을 전적으로 내맡기기로 결정하고 살아온 과정에서 얻은 확신이다.

우리가 착각하는 것이 있다. 그것은 바로 나에게 일어날 가장 좋은 결과를 알고 있다고 착각하는 것이다. 과연 그럴까? 내가 알고 있는 결과가 나에게 가장 좋은 것이라고 확신할 수 있나? 혹은 내가 최악이라고 여기는 결과가 진짜 최악이라고 확신할 수 있을까? 우리는 알지 못한다.

2022년 우리 가족은 아파트가 빽빽한 도심에서 충북 괴산군 청천면 삼송리에 위치한 산 아래의 작은 집으로 이사를 왔다. 처음에는 아이와 나만 시골집으로 이사 왔고, 남편은 쉬는 날에만 집에 왔다. 그렇게 몇 달을 보내던 중 남편은 갑작스레 회사를 그만뒀다. 아내와 아이 둘만 시골집에 두기가 걱정됐던 모양이다. 또 가족과 떨어져서 지내는 것이 외롭기도 했으리라.

퇴직 후 몇 달간 남편은 휴식기를 갖게 됐고, 그 이후 다시 직장을 잡으려 했으나 여러 가지 환경과 여건상 뜻대로 되지 않았다. 우리 가정 형편은 점점 어려워졌다. 고민 끝에 남편은 시골에 적응하며 농사를 배우고, 이곳에서 자신이 할 수 있는 일을 찾아보기로 했다. 그리고 나도 적극적으로 경제 활동을 하기로 결심했다. 남편이 그간 힘들게 일했으니, 이제는 내 차례인 것이다. 나는 구인구직 사이트를 뒤지고, 이력서를 넣고, 면접을 보고, 과거 기업 교육에 인연이 있던 지인들을 만나기 시작했다. 하지만 코로나의 여파였을까? 기업 교육은 진전이 없었다.

덕분에 나에게는 내가 진정으로 하고 싶은 일을 할 수 있는 기회들이 주어졌다. 나는 2020년 <현존라이프TV>라는 유튜브 채널을 개설했다. 그간 겨우 한 달에 한 편 영상을 올리던 유튜브 채널에서 이제는 일주일에 1~2편씩 꾸준히 영상을 올릴 수 있게 됐고, 구독자 수는 글을 쓰고 있는 현재 2,000여 명이 됐다. 또한, 내가 죽음의 공포에서 나와 나를 만나는 여정을 통해, 생생하게 살아 있는 삶으로 변화되기까지의 경험과 내가 얻은 지혜를 사람들과 나누고 싶었던 소망을 이렇게 책 속에 담고 있다. 이 얼마나 감사한 일인가!

남편의 갑작스러운 퇴직과 우리 가정의 경제 위기는 어떻게 보면 최악의 상황처럼 보인다. 그러나 나는 그것이 최악이 아니라는 것을 알고 있었다. 나의 현실에 대한 다른 기대감을 가지고 불평하지 않았다. 대신 지금의 현실을 감사로 겸허히 받아들였다. 그리고 내가 할 수 있는 것들을 하나씩 해나가기 시작했다. 그리고 지금은 전혀 예상할 수 없었던 곳에 와 있다. 앞으로도 나의 삶이 어떻게 펼쳐질지 전혀 알 수 없다. 그러나 한 가지 분명한 것은 삶은 나에게 가장 좋은 것이 무엇인지를 알고 있다는 것이다. 그래서 나는 매 순간 기대가 아닌 감사를 선택한다. 그리고 얼마 후 성실하고 사람 좋은 우리 남편은 다시 직장을 구했다.

잠재의식의 아버지라 불리는 조셉 머피(Joseph Murphy)는 그의 책 《부의 초월자》에서 감사하는 마음은 부를 끌어당긴다고 했다. 그는 쉬지 않고 감사하라고 말한다.

"잠재의식의 창조 법칙은 내가 생각하고 확언을 하는 이미지와 닮은 것을 현실에 나타낸다. 내가 생각한 모습으로 변해가는 것이다. 감사하는 사람은 계속해서 변함없이 인생에 좋은 일들이 생기리라고 기대하고, 그러한 기대는 필연적으로 물질적인 형태를 취한다. 반드시 내가 받은 좋은 것들에 감사하는 습관을 들여야 한다. 쉬지 않고 감사해야 한다."

우주는 에너지의 진동으로 이루어져 있다. 나의 잠재의식이 어떤 생각으로 채워져 있느냐에 따라 그것에 맞는 나의 현실이 창조된다. 이것을 '시크릿' 혹은 '끌어당김의 법칙'이라고 부른다. 우리가 감사로 나의 잠재의식을 가득 채울 때 결국 우리 현실은 감사할 것들로 창조된다.

나는 말의 힘을 잘 알고 있다. 그래서 한마디 한마디 의식적으로 하려고 주의를 기울인다. 내가 한마디 내뱉을 때마다 나의 우주가 창조되고 있기 때문이다. 우리 안의 위대한 창조적 지성은 우리에게 필요한 일을 하게 하는, 나보다 더 세련된 노하우가 있다는 것을 잊지 않는다. 결국 일어날 일은 일어나게 되어 있다. 그것도 내가 알지 못하는 더 세련된 방법으로 말이다.

나는 온 우주와 하나로 연결된 상태가 무엇인지 온몸과 마음, 영혼으로 경험했다. 우주에 있는 모든 존재들은 연결되어 있다. 그래서 내가 만나는 모든 존재들에게 감사한다. 내가 그들에게 감사할 때 그들의 선의와 축복은 우주에 편재해 있는 삶의 풍요로움으로 나에게 되돌아온다. 나는 오늘도 모든 존재들에게 감사와 사랑과 축복을 보낸다.

삶의 방식을 바꾸는 것은 간단하다

우리는 모두 평화와 행복, 조화로움을 추구한다. 그러나 이를 느끼는 이는 얼마나 될까? 잠시 잠깐 행복감을 느꼈다고 할지라도 이내 불안, 두려움, 고통과 같은 불만족을 경험한다. 그래서 우리는 삶을 사는 것이 어렵고 힘들다고 여긴다. 이렇게 힘들고 어려운 삶을 바꾸는 방법은 없을까?

오래전 내 삶이 너무나 힘들고 고통스럽게 느껴졌다. 나에게 있어서 무엇인가 잘못되어가고 있다는 느낌을 받았다. 그것이 무엇인지 찾고 싶었고, 바꿀 수 있다면 바꾸고 싶었다. 그리고 탐구 과정을 통해 삶의 방식을 바꾸는 것은 매우 간단하다는 것을 알게 됐다.

우리가 경험하는 것은 과연 우리 외부의 것일까? 아니면 우리 내면의 것일까? 나는 이 질문에 대한 답을 먼저 찾아보기로 했다. 실제로 내가 '사는 게 힘들다', '사는 게 고통스러워'라고 할 때, 그 고통과 힘듦은 어디에 있는 것일까?

삶의 방식을 바꾸기 위해 가장 먼저 시도한 것은 그저 '단순하게 있는 법'을 찾는 것이었다. 앞에서도 언급했지만, 나는 집에서 가까운 수통골 빈계산을 거의 매일 올랐다.

어느 날이었다. 그날도 어김없이 산에 올라갔다. 그날은 나의 발걸음 하나하나에 집중하며 걷고 있었다. 그러다 보니 여느 사람들과의 걸음걸이와는 확연히 다르고 느렸다. 나의 느린 걸음 옆으로 허리춤에 라디오를 켜고 씩씩하게 걸어가는 아저씨, 아주머니들이 있었다. 그분들은 나를 힐끔 쳐다보며 앞서 걸어갔다. 나는 발바닥의 감각과 걸음걸이, 그리고 호흡에 집중하며 걸었다. 그야말로 등산 명상을 하고 있었다.

얼마쯤 걸어갔을까? 고개 너머 한 아저씨가 아주머니들과 나누는 이야기 소리가 들려온다. "곧 올라올 거야. 젊은 아가씨가 안됐어. 한번 봐봐" 하고 이야기한다. 그리고 몇몇의 아주머니들이 "그래? 안됐다"라며 웅성거리는 소리가 들린다. 고개를 넘어가니 아까 내 옆을 지나가며 흘끗 나를 쳐다본 아저씨와 아주머니가 벤치에서 곁눈질로 나를 쳐다본다. 마음이 약간 흔들렸지만 이미 나는 명상 상태를 유지하고 있었으므로 그들의 웅성거림에 개의치 않고 갈 길을 갔다.

나는 빈계산 정상에 앉아 불어오는 바람을 맞으며 잠시 휴식을 취했다. 그리고 한 가지를 알게 됐다. 예전 같으면 주변 반응에 관심을 기울이며 그것에 반응하느라 마음이 분주하고, 힘들었을 것이다. 그러나 주변에서 나를 아픈 여자, 미친 여자쯤으로 생각하더라도 나의 걸음, 호흡, 감각에 집중했을 때는 그것이 아무런 문제가 되지 않는다는 것을 경험했다.

그렇다. 나의 삶을 바꾸는 것은 외부의 평가와 시선에 신경 쓰는 것이 아니라 나의 내면으로 눈을 돌리는 것이다. 그렇게 온전히 나 자신에게 집중할 때, 같은 상황이라도 경험하는 현실이 완전히 달라진다. 삶의 방식을 바꾸는 것은 나의 시선을 나의 내면으로 돌리는 것, 즉 나 자신에게 집중하는 것이다. 그럴 때 우리는 삶의 방식이 바뀌게 된다:

삶의 방식을 바꾸는 두 번째는, 내 인생에 대한 책임이 100% 나에게 있다는 것을 인정하는 것이다. 그리고 삶을 있는 그대로 바라보고, 사랑하고, 수용하는 것에서 변화가 시작된다. 대부분의 사람들은 자신의 현재 삶이 자신이 아닌 외부에 원인이 있다고 한다. 내가 흙수저라서, 내가 살고 있는 곳이 시골이라서, 내가 지금 남편을 잘못 만나서, 나의 상사를 잘못 만나서 등과 같이 외부 현실에 그 원인을 돌리고 원망만 하니 삶이 바뀔 리가 만무하다. 외부 눈치를 보던 시선을 내면으로 돌리며 내적 작업을 이어나가면서 완전히 인정할 수밖에 없다는 사실을 깨달았다. 지금까지의 삶은 내가 선택한 결과라는 것이다.

어느 따스한 봄날, 대전 근교에 있는 한 절에 템플스테이를 위해 머물렀다. 템플스테이 옵션 중 휴식형을 선택한 덕분에 나의 호흡과 나의 스텝으로 온전히 나 자신에게 집중하는 시간을 가질 수 있었다. 밥 먹을 때와 가끔 산책할 때를 제외하고는 배정 받은 작은 방에 머물며 계속 명상을 했다. 현재 시점에서 과거 시점으로 계속 회귀하면서 나에게 일어난 사건들, 사람들을 짚어가며 정화하고, 용서하고, 떠나보내는 명상을 하고 있었다. 그렇게 수많은 사건과 사람들과의 관계를 관찰하면서 처음에는 대상과 사건을 원망하며 슬픔, 원망, 미움, 분노의 감정들을 흘려보냈다. 시간이 지나고 명상이 더 진행될수록 그 모든 선택을 내가 했음을 알게 됐다. 어쩔 수 없었다고 여기는 일들도 사실은 내가 어쩔 수 없는 상황을 선택했던 것이다.

나는 언제든지 상황을 바꿀 수 있었고, 만나는 사람을 바꿀 수 있었다. 그 누구도 원망할 수 없었다. 오롯이 내 선택의 결과였다. 그 사실을 받아들이고 난 후 나의 삶 속에서 사람을 만나고, 사건을 다루는 태도가 달라졌다.

며칠 뒤 제주도 올레길 여행을 앞두고 있었다. 때마침 한 컨설팅 회사에서 전화가 왔다. 여행을 계획한 그날 강의를 해달라는 것이었다. 강의료도 꽤 높게 책정됐다. 나는 그 전화를 받으면서 상황을 대하는 나의 태도가 달라졌음을 알아차릴 수 있었다. 전화를 받으면서 내가 지금 원하는 것이 무엇인지에 대해 집중했다. 즉, 나에게 선택권이 있다는 것을 안 것이다. 내가 제주도 올레길 여행을 원한다는 것을 확인했고, 강의를 정중하게 거절했다. 그리고 나를 대신해줄 강사를 추천하며 그분의 전화번호를 전달했다.

아마 예전 같았으면 갈등과 후회 속에서 힘든 시간을 보냈을 것이다. '하필이면 여행 날짜에 그것도 높은 강의료의 강의 의뢰가 들어왔어…'라며 강의와 여행 중 어떤 것이 더 나은 선택인지에 대한 이해득실을 따지느라 정신이 바빴을 것이다. 그리고 어떤 선택을 하든 마지못해 한 선택이라며 후회했을 것이다. 만약 강의를 선택했다면, 프리랜서니까 강의 의뢰를 거절한 이후 섭외가 들어오지 않을 것이라는 두려움에 어쩔 수 없이 강의를 선택해서 좋아하는 걷기 여행을 포기하게 됐다고 속상해했을 것이다. 반면 여행을 선택했다면, 강의료가 높은 강의를 놓치게 된 것에 대해 속상해했을 것이다.

그러나 그 전화를 끊고 나서도 강의하지 않은 것에 대해서 후회하지 않았다. 오히려 내가 어떤 순간에도 스스로 선택할 힘을 되찾은 것이 기뻤다.

삶에 대한 선택권이 있음을 알게 되면, 삶을 창조할 수 있다는 것도 알게 된다. 삶에 대한 지혜와 힘의 원천을 알게 되면, 나의 삶을 선택하고 창조할 수 있다. 삶을 고통 속에서 보낼 것인가? 아니면 고통을 흘려보내고 내면의 평화, 사랑, 풍요, 자유로움 속에서 보낼 것인가? 나는 내가 원하는 삶을 살아갈 수 있다.

지금으로부터 대략 13년 전쯤, 열심히 살던 어느 날, 삶이 고통으로 가득 차 있다는 것을 느꼈다. 도저히 그 고통의 늪에서 빠져 나올 길이 없었다. 하지만 고통에서 빠져 나올 방법이 보이지 않는다고 해서 포기하고 계속 고통스럽게 살 수는 없었다. 나 자신을 고통으로부터 구원하고 싶어서 어떻게든 그 방법을 찾기로 결심했다. 나의 모든 생을 걸고 고통에서 빠져나오기로 단단히 마음먹었다. 지금 돌이켜 보면 그렇게 삶을 바꾸겠다는 굳은 마음을 먹는 것, 그것이 삶의 방식을 바꾸는 첫 단추다. 아직 내 삶이 고통스럽고 불만족스러운데 그 방법을 찾지 못해 힘들기만 하다면 자신의 마음을 먼저 돌아보라. 정말 그 고통스러운 삶에서 벗어나고자 하는 단단한 마음을 먹었는가?

나는 고통을 돌아보기 위해 내면으로 눈을 돌려 삶을 관찰하기 시작했다. 행동 패턴, 감정 패턴, 생각 패턴을 관찰했다. 그리고 호흡과 함께 지금 이 순간에 단순하게 존재하는 힘을 되찾아나갔다. 나의 패턴들을 관찰할수록 그 안의 단순함을 발견할 수 있었다.

그것은 바로 내가 좋아하는 것은 집착하고, 싫어하는 것은 회피하는 단순한 패턴이었다. 아울러 좋아하는 것이 영원하기를 바랐다. 싫어하는 것이 영원히 나에게 오지 않기를 바랐다. 그러나 우리의 현실세계는 영원한 것이 없다. 영원하지 않은 것 속에서 영원하기를 바랐던 것이다. 그렇게 불가능한 것을 내가 꽉 움켜쥐려 했던 것이다. 그 속에서 고통이 자라나고 있었다.

인류의 위대한 스승인 붓다께서 인류의 고통의 원인에 대해 말씀하셨다. 고통을 일으키는 원인은 '집착(갈망), 회피(혐오), 무지(영원하지 않은 것을 영원한 것이라 여기는 무지)'라고 했다.

그러한 고통으로부터 벗어나려면 어떻게 해야 할까? 세계적인 위빠사나 명상 센터인 담마 센터의 고엔카(Goenka) 선생님은 붓다의 가르침을 다음과 같이 전했다.

"우리가 고통으로부터 벗어나는 그 첫 번째 단계는 내가 경험하는 고통을 실제 그대로 받아들이고 인정하는 것이다. 우리가 지금의 고통을 회피하기 위해 지금 이 순간의 실제를 외면하고, 다른 곳에서 원인을 찾으려고 하기 때문에 우리는 계속 고통으로부터 벗어나지 못하고 삶이 더 깊게 꼬여버린다. 지금 이 순간의 경험을 있는 그대로 인정하고 실제 그대로 받아들이는 것, 즉 있는 그대로 바라보는 것에서 우리는 변화할 수 있다. 그 과정을 통해 나와 세상을 바라보는 지혜가 생기고, 마음의 평정심이 계발된다."

나는 나의 삶을 100% 책임진다. 삶을 100% 책임진다는 것은 내가 삶을 움켜쥔다는 것이 아니다. 나타난 현실의 원인이 내면에 있음을 알아차리고, 그것을 흘려보내는 것을 의미한다. 외부를 원망하지 않는 것이다. 그리고 나의 삶에서 일어난 것을 사랑과 수용으로 받아들이는 것이다. 즉, 있는 그대로 알아차리고, 받아들이는 것이다. 이것은 진정으로 자신의 삶을 사랑하는 것이다. 그렇게 되면 우리는 삶을 더 큰 힘에 내맡길 수 있다. 또한, 외부 현실에 대한 내면의 태도가 나의 체험을 결정한다는 것을 더 깊게 이해하게 된다. 나의 내면은 사랑, 풍요, 자유, 평화가 드러나고, 그것에 걸맞은 외부 현실이 함께 나타남을 경험하게 된다. 그렇게 나의 삶은 바뀌게 된다.

◆ 3장 ◆

삶이라는
위대한 선물을 깨닫다

진정한 힘은
바로 이 순간에 있다

"자넨 지난 일과 다가올 일을 너무 걱정하고 있어. 이런 말이 있다네. 어제는 역사요, 내일은 미스테리. 하지만 오늘은 선물이라. 그래서 오늘을 Present라 하는 걸세."

내가 너무나도 좋아하는 쿵푸팬더의 명대사다. 특히 이 문장이 너무 좋아서 외우고 또 외웠다. 그리고 강의 때마다 이 문장을 교육생들에게 들려줬다. 그 이후부터일까? 나는 과거를 후회하기보다는 오늘을 살기를 선택하고, 미래를 불안해하기보다는 오늘 할 일에 최선을 다하며 살아왔다.

그러나 아무리 영감을 받은 문장이라 할지라도 그것을 완전히 깨달아 통달하기 전에는 잊어버리기 마련이다. 어느 순간 나는 바빠지기 시작했고, 번아웃이 찾아왔으며, 불행했다. 나는 나를 지옥에서 건져내기로 마음먹었다. 또한 불변하는 진리를 찾아 그 진리를 깨닫고 통달하기를 바랐다. 진짜로 다시는 잊히지 않는 앎을 찾고 싶었다. 결국 하던 일을 그만두고 내면 작업과 진리 찾기에 매진했다. 그야말로 Seekers, 진리를 찾는 구도자의 길을 걷기 시작했다.

2011년 봄, 제주 올레길을 걷기 위해 청주공항에 도착했다. 나의 여행길에는 항상 책이 함께 했다. 그날은 오쇼(Osho)의 《틈》이라는 책을 가져갔다. 공항에 일찍 도착한 나는 대합실 의자에 앉아 오쇼의 책을 읽기 시작했다. 책의 첫 장에는 이렇게 적혀 있었다.

"과거와 미래 사이에는 영원으로 통하는 틈이 있는데, 그것이 바로 '현재'다."

나는 이 문장을 묵상하기 시작했다. 그리고 하나의 아이디어가 떠올랐다. 당시 나는 요가 수련자이기도 했는데, 요가원에서 호흡 관찰 명상을 했던 것이 떠올랐다.

"들숨을 끝까지 지켜보세요. 날숨도 끝까지 지켜보세요. 그리고 그 들숨과 날숨의 전환에 깨어 있으세요."

들숨과 날숨, 즉 나의 호흡을 관찰하기 시작했다. 내 마음은 점점 고요해졌다. 호흡의 깊은 곳으로 조금씩 더 들어갔다. 그리고 어느 순간, 들숨과 날숨, 그리고 그 호흡의 전환을 알아차렸다. 호흡의 전 과정에 깨어 있었다. 그리고 호흡의 전환 사이, 그 사이에 있는 틈을 발견했다. 아니, 그 틈이 드러났다. 그 틈 사이로 환한 빛이 새어나오기 시작했다. 어느새 그 틈은 광활한 우주 전체로 끝없이 확장됐고, 나는 블랙홀에 빠져들듯 무시간성으로 빨려 들어갔다. 그곳에는 시간도, 공간도 아무것도 없었다. 아무것도 없지만 무엇인가 생명과 사랑으로 가득한 영원만이 있었다. 그것은 어떤 위대한 원천 같은 것이었다. 이루 말할 수 없는 지극한 평화와 기쁨, 그리고 무한한 자유, 완전히 품어주는 사랑 속에 녹아들었다. 완전함 그 자체였다.

그리고 얼마 후, 비행기 탑승 안내 방송과 함께 그 틈은 닫혀버렸고, 다시 공항 대합실로 돌아왔다. 나는 어떤 생각도 할 수 없었다. 내 머리는 완전히 비어버렸다. 이제 다시 예전으로 돌아갈 수 없다는 것을 직감했다. 그리고 오쇼의 문장이 이해되기 시작했다.

현재는 영원으로 통하는 통로다. 현재, 즉 지금 이 순간에서 위대한 힘이 샘솟는다는 것을…. 그리고 그것을 삶의 전 과정을 통해 알게 될 것이라는 두려움과 설렘이 섞인 떨림을 느꼈다.

세계적 영성 교사인 에크하르트 톨레(Eckhart Tolle)는 '지금'을 강조한다. 왜냐하면, '지금'만이 유일하게 존재하기 때문이다. '영원한 현재'는 우리의 전체 삶이 펼쳐지는 무대다. 삶은 '지금'이다. '지금' 아닌 삶은 결코 존재한 적 없으며, 앞으로도 결코 존재할 수 없을 것이기 때문이다.

가만히 우리 자신을 들여다보자. 우리는 일상에서 '경험'이라는 것을 한다. 그런데 그 경험은 '과거, 현재, 미래' 중 어느 시제에서 하는가? 그렇다. 우리의 경험이 일어나는 곳은 바로 '지금, 현재'다. 어떤 경험이나 생각도, 감정도 모두 지금, 현재에서 일어난다. 과거를 회상할 때, 그 과거의 일도 '지금 이 순간'에 일어난다. 또한, 미래에 일어날 일에 대해 상상할 때도 그 상상은 미래에 일어난 것이 아니라 '지금 이 순간'에 상상하는 것이며, 실제 그 경험을 하는 순간은 또 다가올 '지금 이 순간'에서 일어날 것이다.

모든 것이 일어나고 경험되는 것은 오로지 '지금 이 순간'뿐이다. 즉, 유일하게 실재하는 시간은 '지금 이 순간'이다. 우리의 삶을 이끄는 거대한 힘도 바로 실재하는 시간인 '지금 이 순간'에 있다.

2012년 세계적인 에니어그램 교사인 러스 허드슨과 함께한 에니어그램 워크숍을 통해 나는 지속적으로 변형됐다. 워크숍이 진행되는 내내, 주변으로부터 나를 방어하고 있던 빗장을 풀고 가슴을 완전히 열어 젖혔다. 그리고 나의 고통과 그림자, 슬픔 속으로 깊숙이 걸어 들어갔고, 그 고통과 슬픔을 바라보고 허용했다. 그러자 하염없이 흐르는 어마어마한 양의 눈물과 함께 속박됐던 에너지가 풀려나기 시작했다. 그리고 그 아래에 있던 근원이 스스로의 모습을 드러냈다.

매 시간 러스 허드슨은 시작과 종료 시에 '현존 명상'을 안내했다. 현존 명상은 그해 1월 인도에서 명상을 포기한 나에게 '찾아온 명상'이기도 하다. 현존 명상을 할 때마다 나의 의식이 더 깨어나고, 더 맑아지고, 에너지가 충전되는 느낌이 들었다. 이 명상은 너무나 쉽고 간단해서 그 이후 일상에서도 내가 자주 하는 명상이며, 나의 학생들에게도 꼭 알려주는 명상이다.

현존 명상의 핵심은 호흡을 있는 그대로 관찰하고, 몸 안의 생명 에너지를 느끼는 것이다. 그리고 주변의 모든 것을 있는 그대로 두며, 스스로의 존재감을 느끼며 머무는 것이다.

현존 명상은 꼭 좌선을 해야만 하는 것은 아니다. 우리의 일상에서 충분히 실천할 수 있다. 그래서 심지어 정말 시간이 없다고 말하는 이에게는 이렇게 말함으로써 조금이라도 현존의 경험을 늘려가도록 안내한다.

"그저 지금 잠시 호흡을 하고, 그 호흡을 느껴 봅니다. 단 한 번이어도 좋습니다. 잠시 이완하고, 하나의 호흡을 느끼고, 그 호흡에 깨어 있어 보세요. 그 호흡의 느낌에 머물러 보세요. 그리고 몸 안에 호흡을 통해 채워진 생명 에너지를 느껴 보세요. 그저 모든 것을 허용하고, 지금 이 순간에 잠시 머물러 보세요. 지금 이 순간 자신의 존재감을 느껴 보세요."

현존의 시간을 조금씩 늘려감으로써, 우리는 비로소 현존에 발을 딛게 된다. 지금 이 순간에 머물러 깨어 있다는 것은 실로 엄청난 것이다. 드디어 우리는 마음이 쓰는 이야기에서 벗어나, 지금 이 순간의 생생하게 살아 있는 생명력과 마주하게 됐다는 것이다. 그러면 우리가 예상치도 못한 놀라운 능력이 발휘되는 것을 목격할 수 있다.

나는 내가 운영하는 밴드 <제4의 길, 삶으로 깨어나기> 회원들에게 항상 '현존 명상'을 안내한다. 그리고 일상의 모든 순간에 적용하도록 했다. 어느 날 밴드 회원인 수민 씨가 자신의 경험담을 얘기했다. 자신은 오랫동안 배드민턴을 쳤다고 한다. 한번은 평소대로 배드민턴을 치기 위해 경기장 위로 올라갔는데, 그날은 수업 시간에 배운 '현존 명상'

을 적용해보기로 했단다. 그리고 잠시 짬을 내어 몸을 이완하고, 호흡을 관찰하며, 호흡의 리듬을 느끼고, 몸 안의 생명력을 느끼며, 지금 이 순간의 존재감을 느끼고 눈을 떴다고 한다. 그리고 배드민턴 시합을 했는데, 평소와는 다르게 쓸데없는 곳에 몸에 힘이 들어가지 않고, 정말 부드럽고 유연하면서도 파워풀하게 배드민턴 경기를 하게 됐다며 들뜬 어린이마냥 자신의 경험담을 들려줬다.

비단 수민 씨뿐 아니라, 스포츠 국가대표 선수들 중 최고의 기량을 내는 선수들을 보면, 오직 지금 이 순간에 완전히 몰입되어 있는 것을 볼 수 있다. 지금 이 순간의 완전한 몰입은 내가 공항에서 경험한 것처럼 영원한 현재인 현존의 위대한 힘이 스스로를 드러내어 강하고 유연하고 아름다운 에너지를 펼쳐 보인다.

지금 이 순간은 그 어떤 생각과 감정, 그것으로 비롯된 문제도 끼어들지 못한다. 그러므로 모든 해결책이 이 순간에 있는 것이다. 우리가 문제를 가지고 있을 때, 온몸의 힘이 빠진다. 그러나 문제를 놓아버릴 때 온몸의 힘이 다시 차오른다. 그렇다. 지금 이 순간 현존함으로써 근원으로부터 부여받은 힘과 지혜가 나를 채운다. 우리가 삶을 살아가는 진정한 힘은 바로 이 순간에 있다.

지금 이대로
완벽하다

지금 일어난 일을 있는 그대로 바라본다면, 지금 내가 보고 있는 일체가 더할 나위 없이 완벽함을 알 수 있다.

2015년 나는 병원에서 살았다. 아버지와 동생 모두 병원에 입원해 있었기 때문이다. 동생은 2012년 뇌출혈로 쓰러져 쭉 병원에 입원해 있고, 아버지는 간암 말기 진단을 받아 같은 병원 암 병동에 입원해 계셨다. 어머니는 건강이 쇠약하신 상태였으므로 내가 두 사람의 간호를 전담해야 했다.

낮에는 80킬로그램이 넘는 동생을 하루에도 몇 번씩 환자 침대에서 휠체어로 들어 옮기며 재활 간호를 했다. 또한 밤이 되면 암 병동으로 건너가 아버지 곁을 지켰다. 나는 병원의 보호자 침대에서 자고, 병원의 공용 세면대에서 씻었다. 나의 밥그릇은 일회용 즉석 밥그릇이 다였고, 매일 전자레인지에 밥을 데워 먹었다. 예쁜 식탁에 예쁜 그릇, 안락한 침대 따위는 상상할 수도, 기대할 수도 없는 상황이었다. 그러나 나는 그 시절 아름답고 온전한 세상과 함께 했다.

'나는 왜 이리 힘든 삶을 살까?', '이 고생이 언제쯤 끝날까?', '아버지가 돌아가시면 이제 우리 집은 어떻게 될까?', '아버지는 앞으로 얼마나 더 사실까?'와 같은 생각은 전혀 들지 않았다. 그저 지금 이 순간에 발을 딛고, 가슴을 열고, 일어난 일을 있는 그대로 바라보며, 충만한 사랑 가운데 하루하루를 살았다.

하루는 동생을 휠체어에 태워 병원 뒤뜰로 산책했다. 뒤뜰 벤치 앞에 놓여 있는 낡은 쓰레기통은 그 자체로 완벽했다. 길가에 떨어진 쓰레기 뭉치들은 쓰레기 뭉치 그대로 완벽했다. 벤치에 누워 하늘을 바라보니, 바람에 흐트러진 나뭇잎이 아래로 떨어진다. 실로 완벽한 곡선을 그리며 떨어진다. 휠체어를 타고 혼자서는 사지를 움직일 수 없는 동생의 모습은 지금 이대로 가장 완벽한 모습이었다. 이 모든 현실이 한 치의 오차도 없이 완벽한 아름다움 그 자체였다.

세계적인 영성 교사 중 한 사람인 아디야 산티(Adya shanti)는 이렇게 말했다.

"깨어난 가슴은 있는 그대로의 세상을 사랑하는 것이지, 이러했으면 하고 바라는 세상을 사랑하는 것이 아니다."

아주 오래전부터 나는 몸매에 대한 콤플렉스가 많았다. 작고 갸름한 얼굴에 비해 넓은 어깨, 얇고 날씬한 허리에 비해 두꺼운 팔뚝과 하체 비만 체형을 가진 나는 학창 시절 좋아하는 교회 오빠로부터 '하비스트'라는 놀림을 받았다. 하비스트는 하체 비만인 나를 놀리는 말이었다.

감수성이 예민했던 나에게 그 말은 비수가 되어 가슴에 꽂혔다. 또한, 대학 시절 처음 사귄 남자친구는 나보다 10킬로그램이나 적게 나가는 마른 체형이었다. 그때부터 나의 다이어트 인생이 시작됐다. 레몬디톡스 다이어트, 오이 다이어트, 사과 다이어트 등 원 푸드 다이어트에 실패하고, 칼로리 제한식을 하면서 하루에 줄넘기를 5,000개씩 했다. 그렇게 혹독한 다이어트를 하면서 대학 시절에 키 160센티, 몸무게 44킬로그램, 허리 사이즈 22인치의 몸매를 소유하며 만족스러워 했다.

그러나 대학 졸업 후 대학병원에서 간호사로 3교대 근무를 시작하면서 체중은 서서히 다시 불어나기 시작했다. 이후 다이어트와 요요를 반복하는 패턴은 30대 중반까지 계속됐다. 그 과정에서 한약 다이어트를 비롯해 퍼스널 트레이닝과 식단 조절을 하는 등 시중에 나와 있는 다이어트는 두루 섭렵했다. 지속되는 혹독한 다이어트와 어김없이 돌아오는 요요현상을 여러 차례 겪으며, 나의 몸과 마음은 더욱 피폐해졌다. 나의 몸을 미워하고 싫어하며 가혹하게 대한 지 10여 년이 지나고, 건강이 무너진 후에야 나의 몸을 있는 그대로 바라보게 됐다.

나의 몸을 있는 그대로 바라보니 더할 나위 없이 완벽함 그 자체였으며, 이 완벽한 몸으로 가족을 돌보고 있다는 것이 한없는 감사로 다가왔다. 그 이후 나의 몸은 여러 차례 변화를 겪었다. 오랜 병상의 보호자 생활로 인해 건강이 완전히 무너질 때도, 42살에 아이를 출산해서 갈비뼈가 벌어지고, 늘어난 복부가 들어가지 않은 상황에서도 나의 몸을 사랑했다. 다른 것을 바라지 않았다. 지금 이대로의 완벽한 내 몸을 바라보고 사랑하면 진정으로 몸과 진실한 관계를 맺을 수 있고, 몸의 소리를 정직하게 들을 수 있다.

그 이후 아이가 4살이 되자 시간적 여유가 생겼다. 나는 다시 등산을 시작하고, 하루 중 잠시 짬을 내서 자기 전에 홈 트레이닝도 하기 시작했다. 하루 중 한 끼는 나를 위한 건강한 식단을 차려 아주 천천히, 귀하게 식사를 했다. 1년의 시간을 그렇게 보낸 결과, 건강하고 날씬한 근육질의 몸을 갖게 됐다. 이전에는 현재의 몸을 싫어하고 다른 몸을 갖기를 바라는 마음으로 혹독한 다이어트를 했다면, 이번에는 나의 몸을 사랑하고, 더 건강하게 돌봐주기 위한 마음으로 다이어트를 했다.

다이어트가 진행되는 동안 매 순간 기쁘고 감사했다. 물론 그렇게 다이어트를 했지만 지금은 시골로 이사 온 후 적응하고, 일하느라 다시 체중이 불어났다. 그러나 나는 지금 이대로의 내 몸을 사랑한다. 왜냐하면, 지금 이 순간 내 몸은 나에게 가장 완벽한 것이기 때문이다.

우리 집 거실은 늘 아이가 놀던 놀잇감으로 가득 차 있다. 빈 택배 박스에 그림을 그리고 이리저리 오려 붙여 만든 강아지 인형 토리네 집, 알록달록 스카프와 아기 담요를 늘어뜨려 만든 자신만의 비밀 공간, 책장의 책을 쭉 세워놓고 만든 담벼락, 그 안에 인형과 장난감으로 배치한 인형의 집 등 자신만의 놀이 세상이 펼쳐져 있다. 자신만의 상상의 세계를 펼쳐놓은 공간이므로 부모라고 해서 함부로 망가뜨릴 수 없다.

아이는 이리저리 놀잇감을 배치하며, 자신만의 이야기 세계를 펼쳐 보인다. 아침에 일어나 어린이집에 가기 직전까지 그렇게 놀다가 자신의 흔적을 고스란히 남겨놓고 어린이집으로 등원한다. 나는 집으로 돌아와 아이가 놀다 간 자리를 한참이나 넋을 잃고 바라본다. 아이의 놀이 동선이 고스란히 보이니 웃음이 난다. 누군가가 보면 이리저리 어지럽혀져 있는 거실처럼 보이지만, 나에게는 그 어지럽혀져 있는 그대로가 가장 완벽한 모습이다. 그 안에 있는 아이의 즐거움과 이야기, 사랑스러움을 고스란히 만난다.

몇 해 전 함께 차도 마시며 수다도 떨 겸 동네 엄마를 우리 집에 초대했다. 그 당시에도 우리 집 거실은 아이의 놀이 흔적으로 가득 차 있었다. 우리 집으로 들어와 어질러져 있는 거실을 접한 그 엄마는 말했다.

"언니! 어떻게 이걸 그냥 두고 볼 수 있어요?"

"아니, 왜?"

그러자 자기는 그렇게 어지럽혀져 있는 것을 두고 볼 수가 없단다. 그래서 아이가 어린이집에 등원하면 치우고, 쓸고 닦느라 너무 피곤하다는 것이다. 그리고 아이가 조금만 어지럽히면 너무 스트레스를 받는다고 했다. 나는 거실을 가리키며 말했다.

"봐봐!! 여기 이렇게 보고 있으면 우리 시연이가 놀고 있는 동선이 고스란히 보이잖아. 그런데 어떻게 치우겠어?"

"언니, 대단하다."

그 엄마는 이해하기 어렵다는 표정을 지어 보였다.

같은 상황에서 우리는 각기 다른 현실을 마주한다. 지금 일어난 현실의 완벽함을 보지 않고, 다른 현실을 원할 때 우리는 마음속 고통이 시작된다. 쉽게 말해 스트레스가 시작되는 것이다. 어지럽혀져 있는 거실을 치우는 것은 이차적 결정이다. 지금 어지럽혀져 있는 거실을 있는 그대로 바라보고, 그것의 완벽함을 인식할 때, 우리는 지극한 평화와 사랑 속에 거한다. 그리고 거실을 치울 수도 있고, 치우지 않을 수도 있다. 거실을 치우더라도 아이가 돌아와서 왜 치웠느냐는 질문에 나는 평화롭게 답할 수 있다.

"응. 시연이가 놀다 간 자리가 너무 예뻐서 엄마가 이렇게 바라보다가 지나다니는 통로가 하나도 없다는 것을 발견했어. 그래서 엄마랑 아빠랑 시연이가 잘 다닐 수 있게 좀 치웠어."

이렇게 이야기하면 아이는 이내 수긍한다. 그러나 지금 어지럽혀져 있는 거실의 완벽함을 보지 못하고 투덜대며, 스트레스를 받으면서 거실을 치워버리면 아이가 돌아왔을 때 사랑스럽게 말할 수가 없다. 그리고 아이가 어지럽히고 더럽히는 것만 눈에 보이며, 그것에 대한 스트레스를 지속적으로 받게 된다.

세계적 영성 교사 중 한 사람인 바이런 케이티(Byron Katie)는 지금 나타난 현실과 다투지 말라고 이야기한다. 우리는 나에게 가장 좋은 것을 알고 있다고 착각하며 살아간다고 말한다. 그러면서 이렇게 질문한다.

"그게 진실인가요? 그게 진실인지 당신은 확실히 알 수 있나요?"

그렇다. 우리는 우리에게 가장 좋은 것을 알지 못한다. 안다고 착각하며 살아간다. 또한, 아는 것들은 대부분 지금의 현실을 부정하는 것들이다. 그래서 우리는 늘 지금 이 순간을 보지 못하고 마음의 고통 속에서 헤맨다. 그러나 그 착각을 내려놓고, 지금 이 순간의 현실을 그대로 바라보자. 부족함이 전혀 없는, 더할 나위 없이 아름다운 완벽 그 자체다.

아무것도 증명할
필요가 없다

내적 여정을 시작하면서 아주 어린 시절부터 나의 가치를 증명하기 위해 고군분투해왔다는 것을 발견할 수 있었다.

나는 착한 아이였고, 조용한 아이였다. 성격은 내성적이어서 아주 소수의 친구들을 제외하고는 많은 이들을 만나는 것을 꺼려했다. 하고 싶은 것이 많았지만 우리 집은 가난했다. 일찍 철이 들어 가정 형편을 알게 되면서 어느 것도 부모님께 요구할 수 없었다. 아니, 요구하지 않았다는 것이 더 정확하다. 형편이 어려운 부모님께 무엇인가 요구하는 것은 부모님을 힘들게 하는 것이라고 여겼기 때문이다. 내가 할 수 있는 일은 그저 학교 공부를 열심히 하는 것밖에 없었다. 그래서 공부를 통해 나의 가치를 증명해내고 싶었다. 그렇게 열심히 공부한 덕에 중학교 때는 수학 시간에 앞에 나와서 학생들에게 수업하는 학생 교사의 역할을 맡기도 했다. 당시에는 나의 능력과 가치를 증명해 보였다는 것에 너무나 뿌듯하고 기뻤다.

학창 시절을 보내면서 나의 능력과 가치를 증명해 보이기 위해 열심히 노력했고, 그 결실을 맺을 때는 기뻤으나, 그렇지 못했을 때는 좌절했다. 그래서 성인이 된 이후에 학창 시절을 떠올리면, 함께 어울렸던 친구들의 얼굴이 잘 기억나지 않는다. 오직 공부에 매진했던 기억이 대부분이다.

성인이 되어서는 일을 통해 나의 가치와 능력을 증명해내는 것이 곧 내가 살아 있음을 느끼는 순간이었다. 그래서 일적으로 인정받으면 받을수록 더욱 일에 매진했다. 덕분에 좋은 피드백을 받고 업계에서 인정받는 사람이 됐지만, 정작 나의 몸과 마음은 망가져 갔다. 나의 가치와 능력을 증명할수록 행복하지 않았다.

뭔가 잘못됐음을 직감한 나는 문제의 원인을 찾기 시작했고, 영성 에니어그램 공부를 하는 것으로 내적 작업을 시작했다. 에니어그램 탐구를 통해 나의 에니어그램 유형 번호가 갖고 있는 기본적 두려움을 발견했다. 나의 기본적 두려움은 '나는 가치 없는 것, 혹은 타고난 재능이 없는 것에 대한 두려움'이었다. 이는 곧 '가치 있게 여겨지게 하는 욕망'을 추구하게 되고, 이를 더 추구할수록 나 자신의 본질로부터 멀어지게 한다는 것을 알게 됐다. 그동안 내가 진정한 나 자신이 아닌 다른 사람이 되기 위해 노력해왔음을 알 수 있었다. 또한, 이러한 노력은 다른 사람들로부터 끊임없이 칭찬받고, 칭찬받는 이미지를 좇는 패턴으로 발전해왔다는 사실을 깊게 깨달았다.

오랜 기간 동안 나의 이러한 패턴들을 관찰했다. 그리고 그 패턴들을 관찰하고, 알아차리며, 놓아버리기를 삶 속에서 적용했다. 또한, 하나의 호흡과 함께 현재에 머무는 연습을 했다.

나의 두려움에 대해 깊게 탐구하던 어느 날이었다. 아파트 앞 놀이터에 있는 그네를 타며 휴식을 취하고 있었는데, 그 순간 한 편의 파노라마처럼 나의 인생이 지나가고 그와 함께 찾아오는 메시지가 있었다. '너는 너 스스로 가치 있어. 너의 생명 그 자체가 가치란다. 너는 너의 가치를 증명하기 위해 그 무엇이 될 필요가 없어'라는 내면의 따스하고도 확고한 목소리가 들려왔다. 나는 그간 삶의 의미와 가치를 부여하고 '가치 있는 존재'가 되기 위해 노력하며 살아왔다. 그러나 우리의 진정한 의미와 가치는 '존재 그 자체'로 의미 있고 가치 있다. 그러니 특별한 의미와 가치를 부여할 필요가 없는 것이다.

눈을 들어 보니 눈앞에 펼쳐진 세상은 다른 세상으로 변해 있었다. 바람에 흔들리는 나뭇가지들과 아이들의 웃음소리, 그리고 그네를 타고 있는 나 자신 모두 각자의 아름다움을 뿜어내며 아름답고도 사랑스러운 모습 그대로였다. 나는 알 수 없는 안락함을 느꼈다.

우리는 왜 무엇인가를 증명하려 할까? 나처럼 자신의 가치를 증명하거나, 어떤 이는 자신의 능력을 증명하기도 한다. 또 어떤 이는 자신의 힘을, 어떤 이는 자신의 지적 능력을, 어떤 이는 자신의 쓸모 있음을 증명한다. 자세히 들여다보면 모두 무엇인가를 증명하려 노력하고 있음을 발견할 수 있다. 그리고 이 모든 증명의 노력은 사랑받기 위함이다. 그래서 누군가로부터 사랑받음으로써 사랑을 확인하려 한다. 그러나 누군가로부터 사랑받기를 멈추고 자기 자신을 깊게 사랑한다면, 우리는 사랑 그 자체로 존재하게 된다. 더불어 온 존재가 사랑임을 알게 되면 우리는 이제 증명하기를 멈춘다. 아니, 증명할 필요가 없다.

이제 나는 나의 모습을 그대로 사랑한다. 나의 잘난 모습, 못난 모습 모두를 사랑한다. 내가 잘한다고 여기는 것을 귀하게 여기고, 내가 잘하지 못하는 영역을 당당하게 인정한다. 삶을 통해 있는 그대로 가장 나다운 꽃을 피워나가는 중이다.

나는 멀티플레이어의 자질이 부족해서 한 번에 한 가지만 할 수 있다. 한 번에 그 한 가지에만 정성을 쏟기 때문이다. 이런 자질 때문에 때로는 상대방에게 양해를 구해야 하는 상황에 놓인다.

신혼 초에 핸드폰 문자를 보내고 있었는데, 남편이 갑자기 말을 걸어왔다. 남편은 내가 문자를 보내면서도 대답을 할 수 있을 것이라고 생각했는지 계속 말을 걸었다. 남편이 말을 걸수록 그 어느 곳에도 집중할 수 없었다. 나는 결정을 해야만 했다. 문자를 보내면서 남편의 대화를 들을 수 없었기 때문이다. 그래서 남편에게 양해를 구했다.

"미안해. 여보, 내가 지금 문자를 보내고 있는데 당신이 말을 시키니 어느 하나에 집중을 하기가 어려워. 문자 보내던 것을 끝마치고 당신과 대화할게."

그리 급하지 않은 문자였다면 문자 하는 것을 중단하고 남편의 말에 귀 기울였을 것이다. 아주 오래전의 나였더라면 아마 문자를 보내면서도 상대방의 말에 고개를 끄덕거렸을 것이다. 두 가지 모두 했으나, 두 가지 모두에 정성을 쏟지 않았던 것이다. 그러고는 둘 다 완벽하게 해내지 못한 나 자신에 대해 실망하고 비난했을 것이다. 그러나 이제는 내가 할 수 있는 것에 집중한다. 나는 내가 돈과 숫자에 약하다는 것을 알고 있다. 그래서 돈과 숫자를 처리해야 하는 일들은 남편에게 조언을 구하거나 남편에게 위임한다. 내가 할 수 없는 것까지 끌어안아 최고의 성과를 내려고 애쓰지 않는다. 이러한 삶의 방식을 통해 매우 자유롭고 가볍게 일상을 살아갈 수 있다.

그래서 요즘 내가 잘하는 것 하나를 꼽으라면 바로 '위임'이다. 나는 내가 잘해내는 일과 내가 잘해내지 못하는 일을 명백하게 알고 있다. 그래서 내가 잘해내지 못하는 일을 누군가가 나보다 잘한다고 여기면 나는 그 사람에게 '위임'한다. 내가 모든 것을 다 하려 하지 않는다. 내적 작업을 하기 이전의 나는 스스로 모두 다 하려고 했다. 다른 사람에게 위임하는 것을 매우 어려워했다. 그 이유는 다른 사람을 믿지 못했기 때문이다. 그리고 내가 다 할 줄 알아야만 능력 있는 사람이고, 그럼으로써 나의 가치는 더욱 높아진다고 생각해왔기 때문이다. 그러나 이제는 나의 능력과 가치는 무관하다는 것을 알고 있다. 또한, 내가 나를 신뢰하는 만큼 다른 사람들을 신뢰한다는 것을 알고 있다.

몇 해 전 내가 아끼는 동생이자 도반이며, 영적 작업의 친구인 희명으로부터 전화 한 통이 걸려왔다. 희명이와는 오랜 인연이며, 참 귀한 인연이다. 내가 2010년 삶의 전환을 결심하던 그 시점부터 함께 에니어그램 내적 작업을 해왔던 친구다. 함께 에니어그램을 공부하며 우리는 각자의 알아차림을 나눴으며, 서로 보듬어 줬고, 때로는 서로의 내면을 상대에게 투사해 가시 같은 상처들을 치유하는 인고의 시간들도 함께 보냈다. 우리는 그렇게 각자 성숙해져 갔다. 그리고 삶은 각자의 길로 인도했고, 우리는 2014년 1월 러스 허드슨과 함께한 에니어그램 워크숍을 마지막으로 각자의 스승을 찾아 자기만의 공부 길로 나아갔다.

그 이후 우리는 아주 가끔 소통하는 것을 제외하고서는 SNS를 통해 서로의 삶을 확인할 뿐이었다. 우리는 결혼하고 아이를 낳아 부모가 되어 다시 만났고, 기쁜 재회의 시간을 가졌으며, 서로 많이 자랐음을 격려해줬다. 그리고 각자의 내적 작업을 지지했다.

그 이후 우리는 몇 번의 왕래를 더 하게 됐다. 그리고 그즈음 희명이가 나에게 전화해서 대뜸 질문했다.

"언니, 언니 지금 행복해?"

이런 본질적인 질문을 받으면, 나는 나의 가슴의 중심에 자리 잡는다. 그것은 어떤 인위적인 노력이 아니라 자동적으로 일어나는 일이다.

"응~ 그럼, 행복하지!"

나의 대답은 단순했다. 내 대답의 속뜻은 이러했다. 우리가 행복의 조건을 벗어버리고 현존하면, 그 즉시 행복하다. 조건 없는 행복의 순간에 놓여 있는 것이다.

당시 나는 행복의 기준과 조건을 갖고 있지 않았기 때문에 행복하다고 대답했다. 지금과 다른 행복을 추구하지 않으며, 그저 현실 그대로를 받아들일 뿐이었다. 나의 대답 뒤에 희명이가 말했다.

"언니 글쎄, 내가 얼마 전 워크숍을 다녀왔는데, 나의 기만을 보게 됐어. 나는 언니도 언니의 기만을 볼 수 있었으면 좋겠어. 그리고 진짜 행복하다고 느낄 때 전화해."

나는 "응, 알았어"라고 대답하고 전화를 끊었다. 그리고 입을 다물고 곧장 나의 가슴으로 들어갔다. 나는 나의 대답을 증명하려 하지 않았다. 호흡하고 나의 가슴에 머물렀다.

나는 호오포노포노의 지혜를 떠올렸다. 무엇이 됐든 나의 눈앞에 나타난 것은 나에게 정화되어야 하는 기억이 있다는 것을 말이다. '고맙습니다. 사랑합니다. 미안합니다. 용서하세요' 나는 정화했다. 그리고 신께 기도했다. '신이시여, 내가 보지 못한 기만이 있다면 알려주소서⋯' 고요하고 확고부동한 침묵만이 대답으로 돌아왔다.

나는 지금 이대로의 현실이 진실임을 알고 있다. 그리고 나의 가슴 안에 머물 때 그 무엇도 증명할 필요가 없다는 것을 알고 있다. 나의 가슴에 진실하며, 지금 이 순간 현존의 토대 위에서 겸손하게 내적 작업을 이어나갈 뿐이다.

죽음이라는
훌륭한 스승

인간으로 태어나면 반드시 맞이하게 되는 것이 있다. 그것은 바로 '죽음'이다. '죽음'이라는 단어는 나에게 매우 친숙하다. 유독 나의 기억 속에는 '죽음'의 장면이 생생하다. 나는 전 생애에 걸쳐 '죽음'을 자주 목격했고, 경험했으며, 원했고, 내려놓았다.

내가 기억하는 첫 번째 죽음은 외할머니의 죽음이다. 초등학교 6학년 무렵, 외할머니는 당시 중풍을 앓으며 외갓집에 누워 계셨다. 나는 엄마랑 싸우고 속상할 때면 외갓집에 가서 누워 계신 할머니에게 엄마와 있었던 일을 이르며, 속상하다고 하소연했다. 그럴 때면 외할머니는 사랑스러운 눈빛으로 나를 쳐다보시며, 내 손을 말없이 잡아주셨다. 눈빛과 손길 하나로 큰 위로와 사랑을 느꼈을 만큼 외할머니는 나에게 각별한 존재였다. 그러던 어느 날 외할머니가 돌아가셨다는 소식을 들었다. 부모님과 함께 외갓집으로 가서 방에서 하얀 옷을 입고 누워 계신 할머니를 우두커니 바라봤다. 알 수 없는 슬픔이 밀려와 그 자리에 서서 하염없이 울었다. 그런데 이상하게도 할머니가 죽지 않았다는 느낌이 들었다. 그저 누워 계신 것은 하나의 몸뚱이에 불과하다는 알 수 없는 느낌과 더불어 할머니는 나에게서 떨어져 있지 않을 것이라는 느낌이 함께 있었다. 그렇게 처음으로 죽음에 대해 의문을 품었다.

대학생 때의 일이다. 당시 어떻게 연락이 됐는지 초등학교 동창 모임에 나갔다. 그곳에서 동창생 한 명이 뇌종양으로 죽었다는 소식을 들었다. 그 소식을 듣고 나서 충격에 휩싸이기보다는 '인생이 참 덧없다'라고 느꼈다. 또한 '사람의 삶이 이렇게 살다가 죽는 것이 전부인가?'라는 의문이 가슴속에 자리 잡았다. 물론 당시에 교회에 다니고 있었고, 교회에서는 죽음 이후에는 천국과 지옥이 기다리고 있으니 믿음 생활 잘하고 천국 가야 한다는 내용을 들어왔다. 그러나 나는 삶과 죽음에 대해 스스로 알아내고 싶은 욕망이 더 강했다. 누군가에게 들어서 그냥 믿는 것이 아니라, '진짜 그러한가?'라는 진지한 의문이 자리 잡았다. 나의 의문에 삶이 보답을 한 결과일까? 나는 끊임없이 죽음을 목격해야 했다.

사회생활의 첫 직업은 대학병원 간호사였다. 내가 야간 근무를 설 때면 어김없이 응급상황이 발생하고는 했다. 그날도 야간 근무 때 혼자서 병실을 회진 중이었다. 문이 닫혀 있는 한 병실을 들어가려고 문고리를 잡는 순간, 이상한 느낌이 온몸에 전율처럼 느껴졌다. 이 병실은 컨디션이 나빠질 이유가 없는 환자들이 있는 곳이었다. 한 사람 한 사람 살펴보던 중 환자 한 분이 이상했다. 숨을 쉬고 있지 않았다. 바로 맥박을 체크해보니 맥이 뛰지 않았다. 나는 즉시 병동에 연락했고, 심폐소생 팀이 뛰어오고, 결국은 보호자 연락까지 이어졌다. 그날을 아직도 잊을 수가 없다. 겉으로 보기에는 빈번하게 발생하는 병원의 응급 상황이었다. 그러나 나에게는 뭔지 모를 숙명 같은 사건이었다. 죽음에 대해 탐구해야만 하는 운명처럼 느껴졌다.

'둘째 동생이 나 때문에 죽었다.'

아주 오랫동안 나는 이 생각을 가슴 깊숙이 묻어두며 살아왔다. 삼남매 중 둘째였던 동생은 공부도 잘하고 인물도 훤칠했다. 하지만 가정 형편이 녹록지 않아서일까? 어디 하나 빠질 곳 없던 남동생은 학교에서의 불화로 인해 자퇴를 하고 결국 가출했다. 그 이후 서울 폭력 집단에 가입했다가 겨우 탈출한 후 군대에 입대했다. 군에서 고등학교 검정고시를 패스한 후 대학 수능 시험까지 우수한 성적으로 치르고 나서 나에게 대학 입학 원서 접수를 부탁했다. 하지만 나는 동생의 원서를 제때 접수하지 못했다.

당시 나는 새로 입사한 곳에서 여직원 전체로부터 집단 왕따를 당하고 있었고, 거의 오기로 일하고 있던 터였다. 어느 상황에도 지고 싶지 않아서 회식에서도 못 마시는 술을 깡으로 마셨다. 그날도 술을 너무 많이 마셔서 속에 있는 것을 다 쏟아내고 침대에 그대로 쓰러져 잠이 들었다. 그리고 그다음 날 아주 늦은 오후가 되어서야 아픈 머리를 부여잡고 겨우 일어났다.

'큰일이다!!'

동생의 대학 원서 접수 마감 날 늦게 일어나버린 것이다. 나는 겨우 정신을 차리고 서울에서 천안으로 내려갔다. 그러나 너무 늦었다. 결국 원서를 접수하지 못했다. 미안한 마음을 떨칠 수가 없었다. 마음 한 켠에 돌덩이 하나를 안고 살아갔다. 동생은 군대 제대 후 대학 정시 준비를 하며, 대구에서 기름보일러 운송 차량 아르바이트 일을 했다.

그러던 어느 날 동생은 아르바이트 도중 집 앞에서 예기치 못한 사고로 목숨을 잃었다. 그 소식을 듣고 부랴부랴 서울에서 대구로 내려가 동생의 장례를 치렀다. 부모님은 장성한 아들이 죽은 충격으로 거의 실신 상태셨다. 실신하다시피 한 부모님을 돌봐야만 했던 나는 동생에 대한 애도의 시간조차 갖지 못했다. 울 수가 없었다. 갑작스러운 동생의 죽음이 믿기지 않았고, 시신을 내 눈으로 확인했음에도 불구하고, 나는 동생이 죽었다고 느껴지지 않았다.

충분한 애도를 하지 못한 나는 동생의 죽음에 관해 큰 죄책감을 가슴에 품고 살았다.

'내가 그날 술을 그렇게 마시지 않았더라면, 동생은 원하던 대학에 입학하고 그렇게 갑작스럽게 죽음을 맞이하지 않았을 텐데….'

죄책감이 나를 괴롭혔다. 그 이후 오랜 기간 동안 나는 이유도 모른 채 심리, 치유 프로그램을 찾아다녔다. 어느 사이코드라마 워크숍에서 동생의 죽음과 관련된 문제를 다루게 됐다. 너무 깊고 단단하게 자리 잡았던 터였을까? 충분히 치유되지 못했다. 한참 시간이 지나 상담 대학원에 입학한 나는 수업 시간에 깊은 애도의 시간과 죄책감을 떠나보내는 기회를 맞이할 수 있었다. 충분히 애도했고, 죄책감으로부터 벗어났다. 그러나 아직 문제가 다 해결되지 않은 것처럼 느껴졌다. '죽음' 그 자체에 대한 이해가 필요했다.

동생의 죽음은 나에게 아주 훌륭한 스승이었다. 동생의 죽음을 통해 심리, 치유의 영역으로 발을 딛었고, 삶 전체를 통해 '죽음' 자체를 탐구하도록 나 자신을 지속적으로 밀어 넣었다.

이후에는 영성 공부와 내적 작업에 몰두했다. 2014년 초여름, 아쉬람에 가기 위해 버스 정류장에서 내린 후, 잠시 쉬어가려고 정류장 벤치에 앉았다. 당시 나의 의식은 계속 나의 내면에 머물러서 탐구하고 있었다. 차들이 쌩쌩 달리는 차도를 보면서 내면에서 이런 질문이 올라왔다. '내가 만약 이대로 저 차도에서 죽게 된다면?'이라는 질문과 함께 비전으로 차도에 누워 있는 나의 몸뚱이를 봤다. 그리고 섬광처럼 앎이 찾아왔다. '내가, 이 몸이 나라는 착각이, 죽음을 두렵게 했구나' 이것은 매우 강렬하고 명확한 메시지였다. 이 몸이 차도에서 갈기갈기 찢겨질까 봐 두려워하고, 아무도 모르는 곳에서 이 몸이 죽음을 맞이했을 때 우리 가족 누구도 이 사실을 알지 못할까 두려워한다는 것 등 몸의 죽음과 관련된 신체적, 감정적 두려움에 대한 앎이 한꺼번에 찾아왔다. 그것은 말로 표현할 수 없는 어떤 것이었다. '이 몸을 나라고 인식하고, 이 몸과 함께 관계 맺어진 사람들로부터 잊힐까 두려워한다는 것'이다. 하지만 이 몸이 내가 아니라면? 그 무엇도 두려워할 것이 없었다.

많은 영적 전통에서 말한다. 인도 성자 라마나 마하리쉬는 진아로부터 에고가 일어나 자신을 마음, 육체와 잘못 동일시함으로써 무지와 번뇌, 망상이 생기므로 자신의 진아를 깨달으라고 한다. 라마나 마하리쉬의 가르침이 내 안에서 울렸고, 그 순간 내 육체에 대한 집착이 떨어져

나갔다. 그리고 육체와 관련된 수많은 이야기들도 하나씩 떨어져나가는 것을 느낄 수 있었다.

8월 아쉬람 여름 샷상에서 찾아온 참나 각성 이후, 나는 삶의 안내에 따라 10일간 집중 명상 코스에 들어갔다. 깊고 깊은 명상 뒤, 쉬는 시간에 산책을 하고 있었다. 그런데 갑자기 숨을 쉴 수 없었다. 숨이 점차 멎었다. 무엇인가가 이 몸으로부터 빠져나가는 것이 느껴졌다. 어떤 죽음의 공포가 밀려왔다. 하지만 이대로 죽음을 맞이해야 한다면 그대로 받아들이기로 했다. 나는 생생하게 깨어서 그 과정을 지켜보기로 했다. 죽음의 공포를 내려놓고 모든 과정을 내맡겼다.

숨이 멎었고, 모든 것이 멈췄다. 생명의 숨결은 몸으로부터 빠져나갔다. 어떤 찰나의 깜깜한 망각이 찾아왔고, 이후 찬란한 빛 속에 머물렀다. 무한한 빛과 무한한 순수함 그 자체였다. 텅 비어 있으며 무한한 사랑으로 가득했다. 나는 그곳에 속해 있으면서 그것의 일부이며 그것 자체였다. 이전의 우주와 하나임을 경험했던 것과는 달랐다. 경험하고 있는 것이 아니었다. '자유', '사랑', '기쁨', '해방' 이런 단어조차 있지 않은, 그저 '그것'이었다. 그것에 대한 명료한 앎이 있는, 언어로 표현할 수 없는 맑은 자각만이 있는 찰나이며, 무한한 시간 후 갑자기 하나의 깊은 숨과 함께 즉시 이 몸으로 돌아왔다. 다시 숨을 쉬었고, 나는 달라졌다. 이제 이 몸은 기계와 같이 알아서 움직였다. 이 몸은 스스로 필요로 하는 것을 알고 있는 듯했다. 마음은 완전히 침묵했다. 나는 그저 목격하고 있었다. 그 이후 오랫동안 사람들의 언어를 이해하고 처리하는데 오랜 시간이 걸렸다. 그리고 나에게는 또 다른 삶이 기다리고 있었다. 마치 다시 태어난 것 같았다.

이제 나에게 죽음은 명확하다. 우리가 죽음이라고 여기는 것은 사실상 육체의 죽음이다. 육체는 나온 곳으로 돌아갈 뿐이다. 그리고 그곳에서는 새로운 생명이 탄생된다. 우리가 생각하는 죽음의 두려움은 이 육체가 나라는 동일시, 그리고 그것으로부터 생겨난 나와 관련된 이야기들의 죽음에 대한 두려움일 뿐이다. 실제 우리는 다시 우리의 집으로 돌아간다. 찬란하고 무한한 생명, 한없는 사랑 그 자체로 회귀한다. 우리는 그 어느 것 하나 잃어버릴 것이 없다. 이것을 안다면, 우리의 삶은 더없이 아름답고 찬란하다.

나는 하루를
감사와 기쁨으로 시작한다

《성경》의 데살로니가전서에 보면 이런 말씀이 있다.

"항상 기뻐하라. 쉬지 말고 기도하라. 범사에 감사하라. 이것이 그리스도 예수 안에서 너희를 향하신 하나님의 뜻이니라." (데살로니가전서 6장 16~18절)

나는 어릴 적부터 교회를 다녔다. 데살로니가전서의 이 말씀을 접할 때면 그 뜻이 무엇인지 진정으로 알고 싶었다. 이유는 알 수 없지만 해야만 하는 행동 지침처럼 여겨지지 않았다. 더 실질적인 뜻이 있을 것이라는 무의식적인 느낌만이 있었다. 그래서 그 뜻을 정확히 알고 싶었다.

2012년 1월, 나는 인도에 다녀왔다. 인도에서의 영적 경험은 나에게 잊지 못할 은총의 연속이었다. 인도에 가기 몇 달 전부터 나는 내적으로 라마나 마하리쉬와 연결되어 있었다. 라마나 마하리쉬의 '나는 누구인가?'라는 물음을 마음에 간직한 채 지속적으로 명상하고 묵상했다. 그래서일까? 인도로 떠나기 일주일 전 라마나 마하리쉬의 비전을 봤다. 명상을 하다가 잠이 들었던 것 같다. 중학생 때 단식 기도 중 환한 빛과 함께 예수님이 찾아오신 것처럼, 이번에는 라마나 마하리쉬가 내 방에 찾아왔다. 맑고 투명한 눈빛으로 나를 한참 쳐다보며 말씀하셨다.

"그대는 누구인가?"

천둥처럼 음성이 울렸고, 그 음성과 함께 생전 처음 들어보는 아주 큰 종소리가 '댕댕댕댕' 하며 머리를 울렸다. 그 큰 소리에 놀라 잠에서 깼고, 곧바로 일어나 거울을 봤다. 뭔가 이상했다. 거울 속에 비치는 여인은 내가 알던 사람이 아니었다. 뭔가 낯설게 느껴졌다. 마치 내가 아닌 듯했다.

드디어 남인도 라마나스라맘에 도착했다. 그토록 오고 싶었던 라마나스라맘이다. 라마나스라맘에 도착해 아루나찰라산을 보는 순간 '아, 드디어 집에 도착했다'라는 느낌이 내면에서부터 올라왔다. 그 느낌은 이후에 나에게 일어날 모든 것을 말해주는 결말의 예고라는 것을 나는 한참을 지나고서야 알 수 있었다.

우리 일행이 묵은 숙소는 예약에 착오가 있었던 것인지, 방이 부족해서 일행 중 3명은 1층에 위치한 상태가 아주 열악한 방에 묵어야만 했다. 그때 나는 함께 온 일행 2명과 함께 자진해서 그 방에 묵기로 했다. 나머지 일행들은 게스트하우스 2층 방에 묵었다. 그곳은 잠금장치도 안전하게 잘되어 있고, 각 방마다 화장실과 샤워 시설도 잘 갖춰져 있으며, 큰 침대와 소파가 잘 갖춰져 있는 방이었다. 반면 우리가 묵기로 한 방은 1층 프런트데스크 안쪽에 위치한 방이었고, 잠금 잠치도 허술했다. 가장 곤욕스러웠던 것은 화장실이었는데, 게스트하우스를 드나드는 외부인들이 모두 이용하는 방과 분리된 공동화장실을 사용해야 했고, 그 화장실에서 샤워도 하고 속옷도 빨아야 하는 상황이었다. 어쩔 때는 그 위생 상태가 너무 나빠 구역질이 나고, 눈물까지 날 지경이었다.

나는 이 모든 기회를 나의 내면을 들여다보고 정화하는 기회로 받아들였다. '신이 나를 사랑하시기에 나에게 이런 최악의 환경을 주시는구나'라며 감사했다.

아침이 되어 라마나스라맘에 들어갔다. 헌신자들이 예배를 드리고 있었는데, '댕댕댕댕' 하고 종이 크게 울렸다. 내가 인도에 오기 전에 들었던 그 종소리였다. 뭔가 내 안에 있던 것들이 그 소리에 파괴되어 허물어지고 있음을 느낄 수 있었다.

며칠 뒤 우리 일행은 아루나찰라산을 올라가 산 정상에 앉았다. 그곳의 에너지가 나의 눈을 저절로 감게 했다. 그리고 자연스럽게 명상에 들어갔다. 나는 나의 마음을 활짝 열었다. 그러자 갑자기 어떤 거대한 사랑의 에너지가 나를 휘감았다. '아! 아버지!'라는 내적 외침과 함께 꺼이꺼이 통곡했다. 드디어 아버지 하나님을 만났다. 온 우주에 편재해 있는 '사랑 그 자체인 신'을 만난 것이다. 나에게 어떤 일이 일어난 것을 직감한 한 선생님이 나에게 일어난 일에 대해 물었다. 나는 아무것도 대답할 수 없었다. 그저 "아버지를 만났어요"라고 밖에 할 말이 없었다. 그렇게 내면 깊은 곳에서부터 올라오는 눈물이 빠져나가고, 나의 가슴에는 감사와 기쁨이 저절로 흘러나왔다. 감사와 기쁨은 억지로 하는 행위가 아니라 나의 가슴이 비워지고, 내 안의 신성을 만났을 때 저절로 흘러나오는 것이라는 것을 온전히 경험했다.

붓다는 무상한 것, 일시적인 것, 허황되고 통제할 수 없는 것에 대한 집착을 '둑카(dukkha)'라고 불렀다. 둑카란 팔리어로 '고통'이나 '괴로움', '불만족'을 의미한다. 우리가 흔히 생각할 때 감사와 기쁨이 어떤 조건 지어진 것이 만족됐을 때 올라오는 감정이라고 여긴다. 그러나 감사와 기쁨은 조건지어진 것과는 아무런 관련이 없다. 흔히 조건지어진 것을 만족했을 때 얻어지는 것은 즐거움이다. 즐거움은 일어났다가 사라지는 것이다. 그러나 기쁨은 외부로부터 얻어지는 것이 아니다. 기쁨은 아무런 원인 없이 내면에서 흘러나오는 것이다. 기쁨은 나의 본연의 상태다.

하루는 강의를 끝내고 집으로 돌아오는 길이었다. 그 당시 내가 지속적으로 듣고 있던 만트라 음악이 있었다.

"Om asatioma sad gamaya(옴 아사토마 삿 까마야)
거짓에서 진실로 나를 이끄소서.
tamasoma jyotir gamaya(타마소마 조티르 까마야)
어둠에서 빛으로 나를 이끄소서.
mirityor ma amritam gamaya(미르토마 아무리탐 까마야)
죽음에서 불멸로 나를 이끄소서."

나는 너무 간절했다. 나의 모든 거짓과 어둠, 죽음을 벗어버리고 진실

과 빛으로, 그리고 불멸로 나아가기를 간절히 원했다. 한 음절 한 음절
을 깊이 음미하며 만트라를 따라 불렀다. 그러던 중 나의 마음이 갑자
기 멈췄다. 시간이 멈춘 느낌이었다. 호흡도 멈춘 것 같았다. 정신만이
맑게 깨어 있었다. 나는 완전히 현존했다. 그리고 나의 가슴에는 감사와
기쁨이 흘러나왔다. 그리고 알게 됐다. 나의 마음 활동을 멈추고 현존하
는 것, 그 자체로 기도임을 말이다. '항상 기뻐하라. 범사에 감사하라. 쉬
지 말고 기도하라'의 뜻이 내 안에서 살아났다.

진정한 기도는 신께 '이것을 해주세요, 저것을 해주세요'라고 바라는
것이 아니다. 지금 이 순간 온전히 현존으로 머무는 것. 그것이 진정한
기도다.

'항상 기뻐하라. 범사에 감사하라. 쉬지 말고 기도하라'는 나의 편협
된 생각과 감정을 내려놓고 온전히 지금 이 순간 현존할 때, 나의 존재
상태가 된다. 그것이 진정한 우리 삶의 모습이다.

2014년 봄, 나는 내면의 안내에 따라 '레이키 힐러'가 됐다. '레이키
힐러'는 우주 근원의 생명 에너지인 '레이키'의 통로가 되어 힐링 받고
자 하는 이들에게 그 '에너지'를 흘려보냄으로써 그 사람의 육체적, 정
서적, 정신적, 영적인 수준에서 힐링이 일어나도록 돕는 사람이다. 나는
레이키 힐러가 되어 첫 번째로 나 자신의 다양한 차원의 정화와 힐링을
했다. 이는 나의 내적 작업을 가속화시켰고, 영적 이해를 더 넓게 해줬
다. 그리고 병원에서 동생을 간호하면서 매일 지속적으로 동생을 힐링
했다. 동생은 레이키 힐링으로 인해 빠르게 회복했다. 그리고 동생뿐 아
니라, 동생이 입원한 입원실의 환자들도 자주 함께 힐링했다. 당시 나는
동생이 입원한 병원에서 생활했기 때문에 병원 안에서 만나는 모든 이

들을 힐링했다. 또한, 병원의 공간도 힐링했다. 뿐만 아니라, 아버지가 간암 선고를 받고 돌아가시기 전까지 아버지를 힐링했다. 아버지는 사랑으로, 평화로 생의 마지막을 보내셨다. 아버지의 마지막 순간에 레이키의 사랑으로 아버지를 도울 수 있게 된 것에 너무나 감사하다.

이후 지금까지 가족과 이웃뿐 아니라, 힐링이 필요한 이들에게 지속적으로 레이키 힐링을 하고 있다. 레이키 힐링은 나의 일상이 됐고, 세상을 향해 사랑을 드러내는 하나의 도구가 됐다. 나를 통해 사람들이 레이키의 사랑과 치유를 경험하고, 그들의 삶의 여정에 도움이 될 수 있음에 무척이나 감사하다.

나는 매일 아침 레이키 계율을 묵상한다. 레이키 계율은 다음과 같다.

"오늘만은 나의 많은 축복에 감사합니다. 오늘만은 걱정하지 않습니다. 오늘만은 화내지 않습니다. 오늘만은 나의 일을 정직하게 합니다. 오늘만은 나의 이웃과 모든 존재들에게 친절히 대합니다."

나의 하루는 고요, 감사, 기쁨, 사랑으로 시작한다.

미워하는 마음을 버릴 때
자유로워진다

요즘 주변을 둘러보면 불평, 불만의 소리를 많이 듣게 된다. '환경 때문이야', '코로나 때문이야', '저 사람 때문이야', '세상이 미쳤어' 등등 누군가를 탓하며 자신의 불행을 투사한다. 그렇게 우리들은 자신의 불행 속에 자신을 옭아맴으로써 자신의 자유를 잊어버렸다. 나 또한 예전에 그랬다.

내가 행복하지 못한 원인이 저 밖에 있다고 여길 때, 우리는 자유를 맛볼 수 없다. 그러나 자신의 인생에 100% 책임을 진다면 우리는 언제든 자유로울 수 있다. 자유는 나의 본성이기 때문이다.

2012년 12월, 29살 된 막냇동생이 뇌출혈로 갑자기 쓰러졌다. 생사를 알 수 없다는 동생의 소식을 듣고 부랴부랴 동생이 입원한 대구의 모 종합병원으로 달려갔다. 다행히 골든타임을 놓치지 않아서 동생의 목숨은 건질 수 있었다. 중환자실에서 식물인간으로 살아갈 것인가, 아니면 의식이 깨어날 것인가에 대한 문제를 앞둔 상황이었다.

그리고 중요한 사실 하나를 알게 됐다. 동생은 응급실에 실려 오기 10일 전쯤 두통과 어지러움 때문에 이미 본 병원의 신경과에 일주일간 입원해서 검사를 받았다. 그런데 검사 결과는 '오진'이었다. 동생은 퇴원 후에도 지속되는 두통으로 인해, 원인을 찾고 치료하기 위해 이 병원, 저 병원으로 옮겨 다니며 시간을 허비했고, 결국 급작스러운 두통으로 쓰러졌다.

동생이 갑작스러운 의식 소실로 응급실에 실려 갔을 때, 신경외과 담당의는 이미 그 이전에 혈관이 터져 혈액이 새어 나오고 있었고, 이번이 2차 출혈이라고 했다. 이전 검사 필름을 보면서 이전 입원 당시에 출혈이 있었음을 말해줬다. 나는 이 문제를 '의료 과실' 문제라고 판단했다. 당시 MRI 검사에서 나온 '뇌동맥류'와 관련해서 신경외과에 협진을 받거나 추가 출혈 가능성에 대한 CT 촬영만 했었어도 지금과 같은 뇌동맥류 파열에 의한 다량의 뇌출혈까지는 오지 않았을 것이다.

나는 아는 의료인맥을 총동원해 그들에게 자문했다. 다행히 예전 내 직업은 간호사였고, 주변에 의견을 구할 의료진들이 있었다. 친구들에게 전화하고, 친구의 친구인 현직 의사들, 내과, 신경과, 신경외과 의사들에게 의견을 구했다. 그들은 한결같이 의료인의 양심을 걸고 동생이 입원했을 당시의 '신경과 의사'의 잘못을 지적했다.

이것은 단순히 수술 시 배 속에 가위를 넣고 꿰맨 것 같은 의료 사고가 아니다. 의사로서 당연히 의심하고 점검해야 할 부분을 점검하지 않았고, 환자가 퇴원 후에 반드시 알아야 할 주의사항에 대해 충분히 주의를 주지 않은 의료 과실이었다. 나 또한 간호사였으므로, 입원 당시 엄마가 동생에게 방문했을 때 동생이 이야기한 '증상 호소'에 대한 내용이 차트에 올바로 기재되지 않은 점 또한 확인했다. 입원 당시 젊은 남자에 대한 의료인들의 소홀함이 원인이었다고 여겼다. 이것은 분명한 의료 과실이었다.

나는 이 문제를 더 정확히 파악하기 위해 국가가 마련한 '의료 분쟁 조정 위원회'에 문의한 결과, 분명한 '쟁점의 문제'라는 답신을 받았다. 또한 '의료 소송 시민연대'에 문의해서 '의료 소송 제기 문제'라는 답변을 받았다. 결국 서울에 위치한 서초구에 의료 소송을 전문으로 하는 변호사 사무실 몇 군데를 찾아다니며 그들의 의견을 구한 뒤, 변호사를 선임하고 의료 소송을 진행했다. 주변 의료인들과 의료 분쟁위, 의료 소송 시민단체, 그리고 변호사 사무실에서는 이 소송에 대한 승소를 확신했다.

하지만 상황은 뜻대로 흘러가지 않았다. 동생이 중환자실에 입원하자마자 나는 동생이 응급실에 실려 오기 전, 2주간 입원했을 당시 동생을 담당했던 신경과 주치의를 찾아가 면담했다. 그 당시 신경과 주치의는 자신의 과실을 인정했다. 그때는 의료 소송을 진행하기 전이었고, 신경과 주치의도 당황스러운 기색이 역력했다. 그러나 의료 소송이 진행되면서 신경과 주치의의 태도는 달라졌다. 소송 진행 시 주치의의 '진술서'가 첨부됐는데, 그 내용은 너무나 어이가 없었다. 사실과 전혀 달랐다. 본인이 확인하지 않은 내용은 확인했다고 했고, 동생에게 주의를 주지도 않았으면서 주의를 줬다고 하며, 환자가 의사의 말을 듣지 않아 생긴 문제라는 내용이었다. 분명 의료 소송 전 나와 상담한 내용과는 판이하게 달랐다.

엎친 데 덮친 격으로 우리 소송을 맡은 판사가 중간에 바뀌었다. 처음에는 의료 소송에 대한 지식이 있는 의료 소송 전담 판사가 담당 판사

여서 각각의 자료를 객관적으로 바라봤고, 소송은 상식대로 진행되고 있었다. 그러나 중간에 판사가 바뀌었고, 바뀐 판사는 병원의 손을 들어줬다.

우리 측 변호인들은 상대방의 '의사 진술서'에 대해 의아해했다. 보통의 의료 소송에서 의사들은 진술서를 쓰지 않는다고 했다. 그런데 진술서가 있다는 것만으로도 상대방은 문제를 인식하고 있다는 것이다. 하지만 진술서의 내용은 사실과 전혀 달랐다. 의료 소송 경력이 있는 판사들은 이 문제를 금방 파악해낸다고 했다. 하지만 우리의 경우에는 그렇지 못했고, 결국 1심에서 패소했다. 우리는 다시 항소와 상고를 했고, 대법원까지 갔지만 결국 의료 소송에서 패소했다. 우리 소송을 맡은 변호사들은 너무 의아해했다.

내가 할 수 있는 것은 무엇인가? 나는 그저 이 모든 상황을 받아들였다. 그리고 거짓 진술을 한 담당의를 용서했다. 처음에는 그를 미워하는 마음이 들었다. '어떻게 자신의 양심을 저버리고 저럴 수 있을까?'라는 마음에 분노가 치밀어 올랐다. 나는 나의 분노를 들여다봤다. 그리고 그 분노를 허용하고 내려놓았다. 쉽지 않았지만 지속적으로 의사에 대한 미움과 분노를 계속해서 내려놨다. 그렇게 몇 날 며칠 동안 분노와 미워하는 마음을 내려놓았고, 마침내 분노와 미워하는 마음으로부터 자유로워졌다.

한편, 나의 마음에는 의사에 대한 측은지심이 올라왔다. 본인도 무서웠을 것이다. 자신의 잘못을 인정했을 때 따라오는 징계와 평판, 보상에 대한 책임 때문에 그랬을 것이다. 우리 가족은 소송이 진행되는 내내 그 병원에 입원해 있었으므로, 병원에서 종종 거짓 진술을 한 의사를 마주치게 됐다. 나는 이미 그를 용서했으므로 편안한 마음으로, 그리고 사랑과 연민의 마음으로 바라볼 수 있었다.

나는 이제 그 문제로부터 자유로워졌다. 그리고 더 큰 의미에서 나와 우리 가족이 겪은 이 사건은 우리 가족이 치러야 하는 것임을 받아들였다. 그렇게 우리 가족은 겪어야 할 것들을 겪고 지나왔고, 그 과정에서 나는 배워야 할 것들을 배웠다. 어떠한 상황에서도 나를 내맡기고 나의 내면을 돌보리라. 그리고 그 과정을 통해 자유로 나아갈 수 있으리라.

결혼 후, 충북 오창에 신혼집을 마련했다. 아픈 동생과 친정엄마를 대구에 두고 올 수는 없었다. 엄마와 상의해서 동생을 청주에 있는 모 재활요양병원으로 옮겼다. 그리고 친정엄마를 우리 신혼집 가까이에 모시기로 했다. 엄마가 이웃 주민과 어울려 살 만한 곳을 알아보다가 자그맣고 오래된 아파트 단지를 찾아냈다.

그곳은 행정복지센터 바로 뒤쪽에 위치했고, 차를 타지 않고도 마을 중심가로 걸어갈 수 있었다. 게다가 근처에는 엄마가 이용할 수 있는 편의시설이 모두 집약되어 있었다. 마을 중심가 사거리를 기점으로 버스정류장, 은행, 병원, 마트까지 모두 모여 있어서 엄마가 살기에 안성맞춤인 환경이었다.

나는 근처 공인중개사무실을 통해 아파트 단지의 한 집을 소개받았다. 그곳에서 집주인을 만났고, 우리는 집을 둘러보고 계약했다. 집주인은 도배와 장판만 교체하면 이사 올 수 있는 상황이라고 이야기했고, 우리도 그렇게 생각해서 이사하기로 결정했다.

그런데 그 후 엄마가 이사하기 위해 아파트 입주 청소를 하면서 집에 아주 많은 문제가 발견됐고, 전 집주인이 우리를 속였다는 것을 알게 됐다. 계약 전 집을 둘러보던 때보다 집 상태가 훨씬 더 엉망이었던 것이다. 도배, 장판은 기본이고 베란다 타일 공사도 새로 해야 했고, 거실과 베란다로 통하는 새시도 새로 해야 하는 상황이었다. 무엇보다도 집 안 곳곳에 곰팡이가 너무 많았고, 구조적 문제인지 현관쪽 방은 보일러가 계속 터져서 여러 번 공사한 흔적이 있었다. 또한, 이웃 주민을 통해 들은 바로는 그 집에 원인 없는 물이 새서 공사를 여러 번 했다고 했다.

더군다나 그 집은 시세보다 3,000만 원이나 더 비싸게 계약한 데다 내부 수리로만 최소 2,000만 원은 더 들여 공사해야 할 지경이었다. 물론 계약 전 꼼꼼하게 살펴보지 않은 우리도 잘못이 있다. 하지만 그런 문제를 모두 인지하고 있었던 전 주인이 문제 있는 부분은 가구와 짐으로 가리고 슬쩍 집을 보여주며, 아무 문제가 없었다고 한 비양심적 태도에 너무 화가 났다.

하지만 어찌하겠는가. 이미 상황은 흘러가고 있었고 별다른 도리가 없었다. 나는 이 상황을 받아들이기로 했다. 그리고 내 안의 화, 미움, 분노를 놓아줬다. 그리고 이왕이면 엄마가 쾌적한 환경에서 지내실 수 있도록 최선을 다해서 수리하기로 했다. 다행히 좋은 타일 시공업자를 소개받고, 베란다 새시 사장님, 싱크대 공장 사장님을 소개받아 엄마의 집은 새로 태어났다. 생각보다 더 많은 돈이 들어갔지만, 엄마는 그 집에서, 그 동네에서 좋은 이웃들의 보살핌도 받으며, 편안하고 만족스러운 생활을 하고 계신다. 현실을 받아들이고, 내 안의 미움, 화, 분노를 허용하고 흘려보내며 전부 삶에 내맡기면 상황은 저절로 정리되고, 나는 자유로워진다는 것을 한 번 더 경험하고 확인했다.

나에게 일어난 모든 상황은 내 안에 정화되어야 할 기억이 있다는 것을 나는 잊지 않는다. 나는 나의 삶에 100% 책임을 진다. 그리고 내 안에 일어난 모든 미움, 화, 분노를 비롯한 다양한 저항감을 내려놓고, 삶의 지성에게 내맡긴다. 그 과정에서 나는 자유로워지고 삶의 흐름 속에서 자연스럽게 살아간다. 우리 안의 미움이 있다면 그 미움을 비워보라. 그러면 더없이 자유로워질 것이다.

건강, 사랑, 성공, 풍요를
선언하라

건강, 사랑, 성공, 풍요는 외부에서 나에게 주어지는 것일까? 그렇지 않다. 이들은 모두 우리 내면의 씨앗에서 자라나는 것들이다. 당신의 내면에는 어떤 씨앗이 자라나고 있는가?

나는 삶이 나를 어디로 데려가든 그곳으로 따라가리라는 마음으로 살아가고 있었다. 결혼을 했고, 이후 임신과 출산을 했다. 우리 부부에게 온 축복이를 키우는 과정에서 나는 서서히 육체를 가지고 삶을 살아가는 존재라는 것을 지속적으로 깊이 인식했다. 그리고 처음 세상을 맞이하는 것과 같은 내적인 느낌을 갖게 됐다. 나의 근원을 기억하고 있지만 세상의 이치에 대한 모든 정보들이 사라진 것 같은 느낌이었다. 마치 처음 걸음마를 배우는 아이처럼 세상살이를 다시 배워나가야 하는 상태가 됐다. 제자가 준비되면 스승이 찾아온다는 말이 있다. 나는 이제 다시 준비된 제자가 됐다.

당시 세계적 면역학자이자 세포영양학의 대가인 '마이런 웬츠(Myron Wentz) 박사'의 영상을 보게 됐다. 영상 속 웬츠 박사가 자신의 생을 걸고 사람들을 위해 헌신하며 노력하는 삶에 깊은 감명을 받았고, 고통스러운 사람들을 위한 행동을 해야 할 때가 왔다는 마음이 깊이 일어났다.

또한 그 시기에 에너지를 모으는 양(+)적인 수련을 해야 할 때가 왔다는 것을 직감했다. 그간 나의 내적 작업은 지속적으로 내려놓는 음(-)적인 수련이었다.

모든 자연 법칙에는 음과 양이 함께 존재한다. 마찬가지로 나의 작업도 이제 음과 양의 조화가 필요한 시기였다. 나는 내려놓는 음(-)적인 작업과 더불어 에너지 수련과 시각화 등 에너지를 채우는 양(+)적인 작업을 함께 해나갔다. 지금 나의 삶이 이끄는 대로 내맡기고 있었다. 에너지를 모으는 양(+)적인 수련을 시작하면서 내면에서는 엄청난 저항감이 일어났다. 그러나 이제는 알고 있었다. 저항감이 일어난다는 것은 역설적으로 그것을 받아들여야 한다는 것을 말이다.

나는 시각화 및 에너지 수련에 대한 저항감을 내려놓았다. 하지만 나의 에고는 나의 고요 속에 머물고 편히 쉬고 싶어 했다. 나의 가슴은 사람들의 고통을 외면할 수 없었다. 나는 나만의 영적 피난처인 고요 속에 계속 머물고자 하는 나의 욕구를 지속적으로 내려놓았다. 지속적으로 내려놓을수록 나의 가슴은 사랑으로 더 채워졌으며, 세상 속으로 더 깊숙이 들어가야 함을 느꼈다.

때마침 나는 '창조의 법칙'에 대한 더 깊은 이해의 필요성을 느끼고 탐구 중이었다. 끌어당김의 법칙, 양자의학 및 양자장의 관점으로 설명하는 현실 창조에 관한 책, 뇌과학자들의 책 등 다양한 관점의 책들을 탐독했고, 삶에서 그 해답을 찾아갔다.

　단순히 '생각이 현실을 창조한다'라는 말을 믿는 것으로는 만족할 수 없었다. 이유는 알 수 없지만 일반적으로 알려진 시크릿이나 끌어당김의 법칙에는 가장 중요한 것이 빠져 있는 느낌이었다. 빠진 그 부분을 찾아야 했다. 왜 인간에게 창조의 능력이 있으며, 그것을 어떻게 사용하는 것이 올바른 방법인지에 대한 본질적 탐구에 대한 갈망이 솟구쳤다.

　'창조의 법칙'에 대한 탐구를 할수록 '끌어당김의 법칙'이라는 말 자체는 오해를 불러일으킬 수 있음을 발견했다. '끌어당김의 법칙'이라는 말은 지금 현재 나에게 없는 것을 끌어오는 것과 같은 느낌을 갖고 있었다. 그래서 '끌어당김의 법칙'이 아니라 '현실화' 또는 '드러남'이라는 표현이 더 적절하다고 느꼈다.

　이 세상은 참나의 현현(顯現)이다. '색즉시공 공즉시색(色卽是空 空卽是色)'이라는 말이 있다. 즉, '참나인 공은 곧 현상계이며, 현상계는 곧 참나다'라는 뜻이다. 참나의 '나툼*'이 곧 이 현상계인 것이다. 그러므로 지금 이 순간 모든 것이 있으며, 없는 것은 없다. 지금 이 순간 끊임없이 창조되고(나타나고) 있는 것이다.

　진정한 창조는 이것을 '아는 것'에서 시작한다. 나에게 없는 것을 끌어당기는 것이 아니라, 이미 있는 것을 보이는 것으로 나타나게 하는 것이 곧 창조다.

　우리는 무의식적으로 계속 창조하고 있다. 그러나 다수의 사람들은 자신이 무엇을 창조했는지조차 알지 못한 채 살아간다. 자신의 내면에

---

*나툼 : 명백히 모습이 나타나거나 나타냄

오랫동안 한계 지어진 습관대로 생각하고, 말하며, 더 많은 한계들을 창조하며 살아간다. 그러나 이제 우리는 의식적으로 창조하는 법을 알아야 한다.

나는 우리 아이를 통해 하나의 힌트를 얻었다. 몇 년 전 어린이집에서 감기가 유행하고 있었다. 우리 아이도 예외는 아니었다. 나는 여느 때와 다름없이 아이를 데리고 소아과에 갔다. 감기에만 걸리면 중이염이 자주 오는 아이였으므로, 중이염이 왔는지를 확인하기 위해 병원에 갔다. 다행히 중이염은 아니라고 했다. 의사는 항생제와 더불어 기침 가래를 삭히는 항히스타민제와 소염제를 처방해줬다. 나는 약을 받아들고 집으로 왔다. 당시 하던 대로 약을 한쪽 구석으로 밀어 놓고 자연치유와 영양요법에 좀 더 신경을 썼다.

어린아이에게 항생제와 소염제를 남용하는 것에 대한 위험성을 감지하고 있었으므로, 매우 급한 상황이 아니면 가급적 약을 먹이지 않았다. 그리고 아이는 대부분 약을 먹지 않고도 나았으며, 약을 먹이지 않을수록 낫는 시간이 더 짧아졌다. 즉, 자연 면역체계가 점점 더 활성화되어 가고 있었다.

그런데 그날은 좀 이상했다. 아이가 "엄마, 나 오늘은 꼭 약 먹을래요. 어린이집 친구들은 다 약 먹는데 나만 안 먹어요"라면서 병원에서 받아온 약을 먹겠다는 것이 아닌가. 평소라면 약을 주지 않았을 터인데 그날은 마음에 그 어떤 저항감이나 생각 없이, "그래? 그럼 약 먹자"라며 아주 흔쾌히 아이에게 병원에서 받아온 항생제와 소염제를 먹였다. 아이는 약병을 받아 쪽쪽 빨며 너무나 행복해했다. 나 또한 그 모습을 바라보며 "약이 그렇게 맛있어?"라며 흐뭇한 마음으로 아이를 바라봤다. 나는 이 상황에 대해 의아하면서도 웃음이 났다. 그리고 아이의 간절한 소망이 성취되는 과정을 여실히 관찰할 수 있었다. 아이와 같은 순수한 마음에서 나오는 소망은 곧 실현된다는 것을 알게 된 중요한 일화였다.

오래전 명상을 통해 생각, 감정, 감각의 구조물이 만들어지는 과정을 지켜봤다. 나는 위빠사나 센터에서 집중 명상을 하고 있었다. 깊은 명상의 상태에서 지속적으로 몸의 감각을 관찰하고, 알아차리고 있었다. 몇 개의 층들을 수없이 지나갔다. 아주 깊은 의식으로 내려간 듯했다. 나의 내면에서 물질화된 감각들을 알아차리며 그것들이 흩어져 사라지는 것을 지켜보다 어느 순간 마지막 감각이 사라지며 밝게 빛나는 순수한 공간이 나타났다. 그것은 이전의 감각과는 다른 차원이었다. 아무것도 없이 텅 비어 있으며, 순수하게 빛나고 있는 차원이었다. 그리고 이내 '한 생각'이 일어났다. 그러자 갑자기 그 한 생각에서 어떤 물질적 구조물들이 만들어지기 시작했다. 마치 우주가 탄생해서 만들어지는 과정 같았다. 정말 순식간이었다. 그때 나는 '한 생각'에서 그 사람의 우주가 만들어진다는 것을 발견했다. 나는 '창조의 법칙'을 탐구하면서 그때의 경험을 떠올렸다.

우리 민족의 영적 지혜인 '천부경'에서는 우주 창조에 대해 숫자로 설명하고 있다. 천부경에 따르면 태초에 무극(0)이 있었고, 그 무극에서 한 점(1)이 생겨났다. 이는 존재의 정수, 만물의 근원의 시작점이다. 여기서부터 창조가 시작된다. 그 한 점 안에는 음양(2)인 태극의 기운이 서로 활동하며 삼태극(3)으로, 오행(5)으로 뻗어나가며 창조를 펼친다. 삼태극은 천지인(하늘, 땅, 사람)을 말하는 것이다. 사람은 하늘과 땅을 잇는다. 하늘과 땅을 잇는 인간의 가장 근본 중심은 태극의 중심이며, 이는 여러 영적 전통에 따라 '아트만', '그리스도 의식', '제로포인트', 'I AM'이라고 표현한다.

우리의 근원은 이 태극의 자리, 창조의 신성이다. 우리는 이 창조의 신성과 연결되어 있다. 그래서 우리 개개인 또한 각자의 우주를 창조한다.

우리가 "나는(I AM)"이라고 말할 때마다 우리는 창조하고 있다. 우리가 생각한 것은 이 창조의 빛을 받아 물질계에 '현현'되는 것이다. 다만 대부분의 사람들이 자신이 창조한 것이 무엇인지 모르고 살아갈 뿐이다. 따라서 우리가 평화를 원한다면 깨어 있는 의식으로 "나는 평화다"라고 선언하면 된다. 내가 풍요를 원한다면 깨어 있는 의식, 확고한 마음으로 "나는 풍요다"라고 선언하면 풍요를 창조하게 되고, 풍요 자체가 된다. "나는(I AM)"의 자리는 깨어 있는 의식이며, 한 치의 의심이 자리 잡을 수 없는 확고한 자리이기 때문이다. 그리고 이 풍요의 파동은 나를 통해 세상으로 흘러나간다.

힌두 전통에서는 남성적 의식인 쉬바와 여성적 의식인 샥티의 결합으로 창조된다. 이는 다시 말해 개인의 창조는 생각과 심상화라는 남성적 측면과 느낌, 감정이라는 여성적 측면의 에너지가 결합될 때 창조가 이루어지는 것을 뜻한다.

내가 원하는 것을 선언하고, 그것을 느끼고, 선언한 그대로 행동할 때 비로소 나의 말이 물질계에 그대로 현현하게 된다. 또한 우리가 창조한 것은 우리 외부 세계에 영향을 미친다. 그리고 우리가 외부에 흘려보낸 에너지는 다시 우리에게 돌아온다. 그러면 우리는 무엇을 창조하며 살아갈 것인가? 우리의 놀라운 창조의 힘을 사용해서 명품 백, 비싼 차, 좋은 집, 높은 연봉을 창조할 것인가? 내가 진정으로 이것을 원한다면 마음껏 창조할 수 있다. 그리고 내가 이것을 창조함으로써 세상에 무엇을 흘려보내고 있는지 스스로 되돌아보자. 나는 이것이 우리가 창조의 법칙을 사용하는 데 매우 중요한 것이라고 여긴다.

우리가 무엇을 창조하든 그것이 곧 나에게 되돌아온다는 것을 잊지 말자. 내가 창조한 것이 세상에 이로움을 가져오는 것인가, 아니면 자신의 결핍과 이기심을 채우기 위한 창조물인가를 말이다. 결국 내가 흘려보낸 에너지는 나에게 돌아오게 되어 있다. 나의 이기심을 위해서 무엇인가를 창조한다면, 결국은 그 책임을 져야 한다. 우리는 매 순간 창조하고 있다. 그리고 우리는 의식적인 선택을 통해 원하는 것을 창조해낼 수 있다. 즉, 내 안의 창조성을 자각하고 자신이 원하는 것을 선언하라. 오늘 나는 내 안의 건강, 사랑, 성공, 풍요, 평화, 자유를 선언함으로써 건강, 사랑, 성공, 풍요, 평화, 자유 그 자체가 되고, 그 파동을 세상으로 흘려보내 이 세상이 건강, 사랑, 성공, 풍요, 평화, 자유의 에너지로 채워지고 모두 함께 영적 진화를 이루어 나가기를 소망한다.

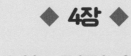

4장

나는 기적 속에
살아간다

나는 과거를 돌아보며
불안해하지 않는다

나의 삶은 지속되고 있다. 이제 나는 예전과는 다른 사람이 됐다. 여전히 사람들 속에서 세상의 많은 신념들을 만나지만, 그 신념들을 믿지 않는다. '현존', 즉 현재의 순간에 머무름으로 신념의 실체를 꿰뚫어 보고, 그것이 진실이 아님을 알고 있다. 그리고 그것을 내 안에서 정화하고 흘려보낸다.

그뿐 아니라 그 신념으로 인해 아파하는 이들의 고통을 내가 함께 느낀다. 나의 삶을 받아들이며 아파하는 이들을 돕기 위해 내가 할 수 있는 것을 하고 있다. 나는 분명 다른 사람이 됐다. 내가 다른 사람이 됐다고 느끼는 여러 순간들이 있지만, 그중 대표적인 것을 꼽자면 이제 과거를 돌아보며 불안해하지 않는다.

나는 사람들을 상담하고 있다. 그들의 상담 요청을 외면할 수가 없다. 그들이 겪은 고통을 나도 겪었기 때문이다. 어떻게 해서든 그들을 돕고 싶기 때문이다. 내가 겪었던 고통, 그리고 그들이 겪은 고통의 공통점을 찾아보면 그것은 바로 '과거에 묶여 있다'라는 것이다. 자신이 미래지향적이라고 말하는 사람들조차 내면 깊숙이 들어가면 과거에 묶여 있는 경우가 허다하다. 그럼에도 불구하고 앞으로 나아가는 이들이 있는가 하면, 한 발짝도 앞으로 내딛지 못하는 이들도 있다.

과거에는 스스로를 미래지향적이라고 여겼다. 그러나 나는 끝내 고통 속에서 길을 잃었다. 죽음의 기운이 목전에 다다랐을 때, 비로소 그것으로부터 벗어나는 길을 찾을 수 있었다.

얼마 전에도 한 통의 전화를 받았다. 그 여성분은 자신 안에 맴도는 수많은 부정적인 생각 때문에 너무나 괴롭다고 했다. 그 생각은 다음과 같았다.

"내가 미쳐버릴 것 같아서 무서워요."
"더 좋아지지 않을까 봐 걱정돼요."
"과거에도 나는 제대로 한 적이 없는데, 내가 과연 잘할 수 있을까요?"
"명상을 하면 상기병에 걸린다고 하는데, 상기병에 걸릴까 봐 명상을 못하겠어요."

뿐만 아니라, 사람들과의 일상 대화를 자세히 들어보면 대부분 다음과 같은 생각들로 힘들어한다.

"어차피 남편한테 얘기해봤자예요. 이제껏 들어주지 않았는데 지금이라고 들어줄까요?"

"예전에도 그와 비슷한 것을 시도해봤는데 안 되더라고요. 그런데 지금 다시 한다고 나아질까요?"

이렇게 얘기하며 바뀌지 않는 자신의 삶을 한탄한다. 그리고 앞으로 보이는 인생이 뻔하다며 불안해하고, 우울해하며, 걱정한다.

자세히 들여다보라. 지금 하고 있는 이 생각들은 '진실'과는 거리가 멀다. 그저 일어나지 않은 일들에 대해 과거를 기반으로 한 추측일 뿐이다. 추측은 그저 생각일 뿐 그것은 진실이 아니다. 그런데 대부분의 사람들이 자신의 생각을 믿어버리는 이유는 자신이 믿는 생각대로 미래에 똑같이 나타나기 때문이다. 그래서 자신의 생각이 진실을 대변한다고 착각한다. 그러나 실상은 진실이 아니라 과거를 기반으로 한 자신의 생각을 믿고, 그것을 자신의 세상에 드러냈기에 그 생각이 그대로 나타난 것에 불과하다.

즉, 자신의 생각을 믿고, 그것에 알맞은 감정을 불러일으키고, 그것과 같은 진동값을 가진 미래를 창조한 것이다. 이제껏 그렇게 살아왔으니, 정작 자신이 과거 속에 살고 있다는 것조차 모른 채 살아가고 있다.

세계적 영적 교사이자 뇌과학자인 '조 디스펜자 박사'는 자신의 저서 《브레이킹, 당신이라는 습관을 깨라》에서 어제와 같은 오늘을 사는 한 다른 내일을 기대할 수 없다고 말한다. 우리의 삶은 생존하는 삶과 창조하는 삶 두 가지로 나뉜다. 생존하는 삶은 우리 자신을 몸, 환경, 시간이라는 조건에서 '누군가', 즉 somebody(홍길동, 대한민국 가장, 영숙이 아빠, 회사원 등)로 알고 살아가는 것이다. 그러면 이것에 의해 물질적으로 자각한 것만 자기라고 여기게 된다. 이때 우리는 자신의 현실을 통제하려고 애쓴다. 이것은 오로지 살아남기 위해 애쓰는 것뿐이다. 반면, 우리가 현재의 순간에 머물 때, 즉 '현재라는 순간 속'에 있을 때, 우리는 시간과 공간을 넘어서고 모든 잠재성이 동시에 존재하는 양자장 속에 있게 된다. 이때 우리는 '아무도 아닌', 즉 nobody(이름도, 성별도, 역할도, 그 무엇도 없는 그저 의식이다)로 존재하게 되고, 양자장의 지성과 연결된 의식으로서 어떤 것이라도 현실로 만들어낼 수 있는 창조적 삶을 살게 된다.

우리가 과거에 묶여 있는 한, 과거는 몸, 환경, 시간 속에 형성됐던 자신의 기억이다. 즉, 자신이 만들어놓은 이야기다. 이러한 이야기 속에서 살아갈 때, 우리는 자신이 자신의 삶을 창조하며 살 수 있다는 것을 까맣게 잊어버린다. '에너지는 주의를 따라간다'라는 말이 있다. 우리가 주의를 집중하는 곳에 에너지가 모인다는 뜻이다. 새로운 삶을 살기 원한다면 이제껏 내가 어디에 집중하며 살아왔는지 알아차리고, 그것을 놓아버리면 된다. 그리고 지금 이 순간 새로운 삶을 선택할 수 있다는 이해를 통해 새로운 자신의 삶을 창조하며 살아갈 수 있다.

몇 해 전 '현존라이프 개인 세션'을 진행했던 은정 씨의 일화다. 그녀는 자신의 삶에서 지속적으로 재생되는 과거의 경험으로 인해 힘들어했다. 그것은 매우 무의식적으로 순식간에 경험되어지는 것들이다. 그녀는 그런 삶으로부터 벗어나고자 나를 찾아왔다.
나는 그녀와 상당한 시간을 보냈다. 그녀와 함께 진행한 개인 세션에서 지금 이 순간에 머물며, 그녀의 과거 속으로 함께 들어갔다. 그리고 그녀는 자신의 어린 시절 자신의 부모와의 관계에서 형성된 자신의 신념을 발견했다. 아주 어린 시절 그녀의 부모는 생계를 이어가느라 매우 바빴다. 또한 그 이후 이혼을 했다. 작고 가녀린 그녀는 자신보다 더 어린 동생을 스스로 책임졌다. 그리고 자신과 동생이 부모에게 버려질까 봐 두려워서 미리 부모의 필요를 읽어내는 능력을 키워 나갔다. 그렇게 어린아이로서는 짊어져도 되지 않는 짐을 혼자서 짊어지며, 아이임에도 어른을 돌보며 살아왔던 것이다. 자신의 과거를 들여다본 그녀는 '버려지지 않기 위해서는 상대의 필요를 미리 읽어내 모든 것을 책임져야 한다'라는 신념을 발견했고, 그 신념이 지금까지 자기의 삶을 주도해왔다는 것을 알아차렸다.

폭발하듯 터지는 울음과 함께 그녀는 과거의 자신에 대한 연민을 느꼈다. 그리고 과거의 자신을 사랑으로 안아주고 받아들였다. 과거의 부모 또한 받아들였다. 과거를 사랑과 용서로 놓아줬다. 그럼으로써 무한한 현존의 사랑을 가슴 가득 느꼈다. 그리고 자신의 삶을 자신이 '선택' 할 수 있다는 이해가 생겼다. 과거의 신념을 믿을 것인지, 아니면 새로운 생각과 경험으로 살아갈 것인지를 말이다. 물론 그 순간 한 가지 신념을 놓아버렸다고 해서 지금 당장 우리 삶이 바뀌는 것은 아니다. 그러나 이제 우리에게는 한 가지 이해가 생겼다. 삶을 다르게 살아갈 힘을 되찾았다. 그 후에도 은정 씨와의 개인 세션은 지속됐고, 다양한 과거의 기억과 신념들을 놓아주며 자신을 통합해나갔다. 그리고 점점 더 자신을 알아차리는 알아차림의 힘이 커졌다.

이제 은정 씨는 나와 진행하는 세션뿐 아니라, 자신의 일상을 알아차리고, 관찰하고 놓아버리는 작업을 스스로 해나갈 수 있는 힘이 생겼다. 또한 자신의 가슴 깊숙한 곳에서 들려오는 무한한 지성의 소리를 따라 살아가고 있다. 이 얼마나 아름답고 감사한 일인가!

우리가 온전히 현존한다면, 과거의 기억으로부터 벗어날 수 있다. 물론 오랫동안 켜켜이 묻어뒀던 과거를 정화하고 흘려보내는 일들이 남아 있지만 말이다. 한 가지 분명한 것은 우리가 과거의 기억으로부터 벗어난다는 것은 더 이상 과거의 기억이 나를 지배하지 않는다는 것이다. 우리는 지금 당장 새로운 삶으로 나아갈 수 있다. 기억 속의 '누군가'에서 지금 이 순간의 '아무도 아닌 존재'로 살아가는 것. 그것이 지금 이 순간 무한한 가능성의 무한한 지성으로부터 에너지를 공급받아 새로운 삶을 창조하는 창조자의 삶으로 살아가는 것이다.

자신의 삶을 온전히 신뢰하고 내맡김으로써 두려움이 아닌 사랑을 선택하고, 결핍이 아닌 풍요를 선택하는 것이다. 그리고 필요하다면 내 안에 흐르는 창조적 능력을 사용해서 새로운 나의 삶을 기꺼이 창조하며 살아가는 것이다. 그것이 과거를 돌아보며 불안해하는 것이 아닌, 현존으로 살아가는 삶. 바로 '현존라이프'인 것이다. 그럴 때 매 순간이 기적임을 발견하게 될 것이다.

나는 가치 있고
위대한 존재임을 깨달았다

아주 오랜 시간 동안 나를 괴롭혀 왔던 것이 있다. 그것은 바로 '나는 무가치하다'라는 마음속 속삭임이었다. 끊임없이 이러한 마음속의 목소리를 들으며 스스로를 하찮게 여겼고, 무가치함으로부터 벗어나기 위해 특정한 가치를 만들어놓고 그것을 획득하느라 오랜 시간을 보냈다. 그러나 그것만으로는 그 신념에서 비롯된 내적 공허함을 메울 방법이 없었다. 내가 '강사로서 성공하면 가치 있을 것이다'에 더 매달릴수록 공허함은 더 커져갔다. 또한 '다이어트를 해서 날씬한 몸을 가지면 가치 있을 것이다'에 매달릴수록 건강을 잃었으며, 그에 따른 좌절과 공허함 또한 커져갔다. 그렇다면 이러한 방법은 뭔가 잘못됐다. 나는 처음으로 되돌아갔다. 바로 그토록 내가 믿어왔던 '나는 무가치하다'라는 신념을 정면으로 들여다보기로 했다. 나는 간절했다.

삶은 나의 간절함에 귀를 귀울인 듯, 다양한 영적 작업과 스승들의 가르침을 내 앞에 데려다줬다. NLP, 에니어그램 워크, 마음 정화 수련, 참나 탐구, 헌신적 비이원성의 가르침, 요가 수련, 호흡 수련, 위빠사나와 붓다의 가르침 등.

'제자가 준비되면 스승이 찾아온다'라는 말이 있다. 정말 나의 단계에 맞게끔 딱 맞는 수련법과 스승의 가르침이 찾아왔다. 뿐만 아니라, 영적 작업을 시작하는 초반부터 나는 일상을 모두 내적 작업의 재료로 삼기로 했다. 삶이 나를 어디로 데려가든 나의 삶을 신뢰하고 내맡기기로 했다. 그리고 그 과정에서 일어나는 모든 저항을 알아차리고, 내려놓으며, 허용하고, 탐구하는 작업을 이어나갔다. 나는 그것을 '라이프 워크'라 불렀고, 그 작업(Work)은 지금도 지속되고 있다.

2014년, 나의 스승님은 나에게 이렇게 말씀하셨다.

"참나 깨달음을 얻었다 할지라도, 이전의 경향성은 지속적으로 올라옵니다. 그러한 경향성을 지속적으로 정화하는 것이 진정한 수행입니다. 그와 더불어 세상에 사심 없는 봉사를 하십시오."

스승님의 가르침을 따라 겸손하고 정직하게 지속적으로 나의 경향성들을 정화해나갔다. 그리고 내가 할 수 있는 봉사를 해나갔다. 남아 있는 경향성들을 정화하는 작업을 해나가면서 나의 신념들을 실오라기 하나 남기지 않고 낱낱이 들여다봤다. 그리고 그 신념들을 하나씩 해체하는 작업을 했다. 또한 나의 신념을 발견할 때마다 스스로에게 질문했다. '그것이 사실인가?', '그것이 과연 진실인가?' 신념에 물음표를 붙이는 순간, 신념은 설 자리를 잃어버렸다. 우리가 '자기 정직성'을 가진다면 이 한 가지 질문만으로도 나의 신념이 사실이 아님을 알 수 있다. 단지 일어난 현실에 대한 자신의 견해에 불과하다는 것을 말이다.

'나는 무가치하다'의 신념에 질문했다. "그것이 사실인가? 그것은 진실인가?" 그 질문을 나에게 던지고 스스로 가슴 깊이 들어갔다. 그리고 가슴이 하는 대답을 기다렸다. 대답은 "아니오"였다.

"암은 무서운 것인가? 그것은 진실인가?"
"죽음은 두려운 것인가? 그것은 진실인가?"
"나무는 과연 나무인가? 그것은 진실인가?"

이 모든 질문에 "아니오"라는 대답을 했다. 나는 그렇게 미묘하게 남아 있는 나의 모든 신념들에게 물음표를 던졌다. 그리고 현실이 있는 그대로 완벽하게 펼쳐지고 있음을 마주했다. 나에게 일어나는 모든 일이 있는 그대로 좋은 일임을, 그리고 내가 만나는 모든 이들이 위대한 스승임을 더 섬세하게 깨닫게 됐다.

존재하는 모든 것들이 가치 있고 위대함을 온 가슴으로 깊이 깨달았다. 그 과정에서 피어난 나의 사랑은 더 큰 자유함으로 나아갔다. 나는 더 이상 사랑을 갈구하지 않았다. 무엇인가 더하거나 빼지 않고 그저 있는 그대로 완전한 사랑임을 나의 가슴이 이해했다. 그리고 그 사랑의 샘물이 나의 가슴으로부터 솟아 흘렀다. 나에게 일어난 일은 모두 있는 그대로 나에게 가장 좋은 것이었다.

그 무렵 나의 아버지는 간암 말기 판정을 받으셨다. 담당 의사 말로는 남은 시간이 최대 5~6개월이라고 했다. 그 순간 아찔했지만, 나에게 일어난 현실을 있는 그대로 받아들였다. 그리고 지금 아버지에게 일어난 간암이라는 질병과 그것을 겪고 있는 우리 가족의 현실은 지금 이 순간 완벽하게 펼쳐지는 온전한 진실 그 자체임을 알았다. 그리고 내가 할 수 있는 최선을 다했다. 다행히도 서울대학교 병원에서 우리나라 간암 최고 권위자인 의사를 만날 수 있었다. 그 의사로부터 들은 대답은 "너무 늦었다"였다. 지금의 상황에서는 다른 방도가 없다고 했다. 그러니 아버지께서 그저 편안하게 생을 마감할 수 있도록 도와드리라는 것이다. 깊은 슬픔이 몰려왔지만, 그것 또한 온전히 받아들였다. 나의 모든 슬픔과 아버지의 현실, 그리고 우리 가족의 현실에 대해 어떤 이야기도 지어내지 않고 있는 그대로 바라봤다.

그리고 아버지를 경주에 있는 '자연 치유 병원'에 모셨다. 아버지도 동의하셨다. 아버지는 그곳에서 2주간의 시간을 보내고 오셨다. 살아생전 처음으로 자신을 위한 온전한 쉼의 시간을 가지셨다. 자신을 위한 온전한 쉼을 가진 후 아버지는 병상에 누워 있는 아들이 마음에 걸려 다시 대구에 있는 병원으로 돌아오셨다. 그리고 나와 함께 동생을 돌봤다. 본인의 마지막을 감지해서일까? 아버지께서는 하루의 거의 모든 시간을 동생을 돌보는 데 할애하셨다.

그것 또한 우리 가족에게 일어난 있는 그대로의 진실임을 바라봤고, 무한한 사랑 가운데 그 모든 과정에 참여했다. 아버지의 건강은 날로 쇠약해져만 갔다. 그리고 급기야는 과다 출혈로 응급실까지 가게 됐다. 나는 응급실에서 출혈로 인해 누워 계신 아버지를 돌보며 밤을 지새웠다. 혈색이 사라져가며 응급실에 누워 계신 아버지, 급박하게 돌아가는 응급 처치 상황들, 아버지의 혈변을 계속 받아내고 있는 나. 이 모든 것들이 완벽하게 펼쳐지는 '있는 그대로의 현실'임을 바라봤고, 그 안에서 펼쳐지는 '현실의 친절함'을 느낄 수 있었다. 이윽고 아버지는 간암 병동으로 옮기셨다. 그때부터 낮에는 동생을 돌보고, 밤에는 아버지를 돌봤다. 그리고 틈나는 대로 아버지의 마지막을 준비하기 위한 여러 가지 일들을 처리했다. 아버지는 남아 있는 가족들이 살아가는 데 조금이라도 도움이 되기 위해 '산재 보상 처리'를 하기 원하셨고, 나는 병간호 틈틈이 아버지의 회사와 공단을 오가며 묵묵히 그 일을 진행했다.

뼈만 앙상하게 남은 아버지는 엄청난 고통에 시달리셨다. 가족의 죽음을 온전히 지켜본다는 것은 실로 엄청난 '작업'이다. 나는 내 안에 있는 모든 죽음과 관련된 이야기를 내려놓고, 있는 그대로의 현실을 마주했다. 그 어느 때보다 평화와 사랑의 충만함 속에서 아버지 곁을 지킬 수 있었다.

바이런 케이티도 그의 책 《나는 누구를 사랑하는가?》에서 죽음에 대해 다음과 같이 말했다.

"죽음과 삶은 대등한 것입니다. 죽음에 대한 이야기를 지어내지 않으면, 슬픔은 존재하지 않습니다."

"있는 그대로의 현실을 사랑하는 사람은 어떤 일이든 다 환영합니다. 삶, 죽음, 질병, 상실, 지진, 폭탄…. 어떤 것도 '나쁘다'며 우리 마음을 충동질할 수 없습니다."

"죽음을 선물로 경험할 수 있어야 비로소 '작업'이 끝납니다. (중략) 죽음에 대해 깨어 있는 의식을 갖게 되면, 죽어가는 사람을 온전하게 지켜볼 수 있습니다."

2015년 4월 17일, 아버지가 돌아가시기 3일 전 나는 일기장에 글을 남겼다.

"아버지의 고통이 날로 더해가고 있습니다. 밤이면 특히 더 심해집니다. 같이 밤을 꼬박 지새운 지 일주일이 되어갑니다. 제가 아버지의 고통 앞에 따로 할 것이 없습니다. 그저 그 옆을 지키고 있을 뿐입니다. 얼굴, 손, 발을 닦고, 두 팔로 안아 일으켜 세우고, 기저귀를 갈고, 침대보를 바꾸고 옷을 입히는 것 뿐. 그저 옆에 있습니다.

오늘도 밤을 지새우려나 봅니다. 밤이 시작되는 고통으로 인해 아버지의 뒤척임이 시작됐습니다. 저는 그저 또 안아 일으켜 세우고 깡마른 몸을 어루만질 뿐입니다. 다만, 슬픔 없이, 두려움 없이, 아픔 없이, 고요한 마음으로…. 아버지의 육체는 시작된 곳으로 돌아가겠지만 이것이 결코 잘못된 일이 아니라는 것을 알기에, 걱정스러운 일이 아니라는 것을 알기에…. 그저 고요한 마음으로 옆에 있습니다. 온전히… 있습니다."

지금 펼쳐지는 '현실'은 있는 그대로 완전하며, 나에게 가장 좋은 것이다. 또한 내 안의 모든 이야기를 내려놓으면 나와 다른 이들의 존재의 실상을 만나게 된다. 그것은 바로 나와 이 세상의 모든 존재들은 존재 그 자체로 가치롭고 위대하며 그 과정 또한 위대하다는 것이다. 그리고 내가 할 수 있는 것은 그저 그 위대함 옆에서 평화롭고 고요한 마음으로 사랑으로 존재하는 것이다. 그렇게 존재할 때 우리는 사랑을 이 세상에 드러내게 된다.

집을 청소하듯
내면을 청소하기

쓰레기가 가득한 방에 들어서면 어떤 기분이 드는가? 기분 나쁘고, 답답하고, 짜증나기도 할 것이다. 그 안에서는 중요한 물건 하나 찾기가 너무 어렵다. 그럴 때는 일단 집 안에 있는 쓰레기를 버리고 구석구석 쌓여 있는 먼지를 털어내고, 물걸레로 싹 닦아내면 그렇게 개운할 수가 없다. 우리 내면도 마찬가지다. 우리 내면에 아무리 보석이 가득하다고 하더라도 불필요한 쓰레기와 먼지로 가득 차 있다면 보석이 있는지조차 알 수 없고, 어디에 있는지 발견하기 어려울 것이다. 우리 내면도 집을 청소하듯 하나하나 청소하면 마음이 개운하고 가벼워진다. 또한 우리 안에 있는 진정한 보석이 그 정체를 드러내 빛을 발하게 된다. 나는 이렇게 집을 청소하듯 내면을 청소한다.

내면을 청소하기 위해 가장 먼저 해야 할 일이 있다. 그것은 바로 '청소하기를 결심하기'다. 내 삶을 바꾸고 싶다면 바꾸기를 결심해야만 한다. 어제와 똑같이 반복되는 삶을 바꾸려는 의지가 없다면 그 어떤 것도 시작할 수 없다. 집 안을 청소하기 위해서는 우선 청소하기로 마음을 먹어야 그다음에 무엇부터 치울지가 결정된다. 결심은 새로운 것을 시도하는 것을 지속하게 해준다. 그렇지 않으면 우리는 몇 번 시도하고서 잘 안 된다고 여기며, 포기하고 다시 예전의 삶으로 돌아갈 것이다.

자! 결심했다면, 이제 나에게 도움이 됐던 내면 청소 방법을 소개하겠다.

처음에 명상이 무엇인지도 제대로 알지 못했을 때, 속리산에서 가톨릭 신부님이 안내하는 '마음 정화 수련'이라는 수련회에 참석했다. 그때의 경험은 실로 강렬했다. 그전에도 몇 번 명상회에 참석했는데, 지루하기 짝이 없고 그렇게 졸릴 수가 없었다. 그런데 그날은 진정 나에게 무엇인가 일어났다. 아마 내가 때가 되어서가 아닐까 싶다.

'마음 정화 수련'은 호흡과 함께 마음을 가라앉히고, 지금 시점부터 시작해서 과거로 거슬러가며, 자신의 삶을 돌아보는 것이다. 과거로 거슬러간다는 것은 아주 갓난아기, 또는 그보다 더 어린 태아 시절까지 거슬러가기도 한다. 그러나 억지로 할 필요는 없고, 본인의 무의식에서 기억이 올라오는 만큼 하면 된다. 그리고 그 삶의 사건들 하나하나, 사람들 하나하나를 정화(시각화를 사용해서 물로 씻어내거나, 불로 태우거나, 혹은 우주로 떠나보내거나 하는 방법)하는 것이다. 지금은 이 명상을 하지는 않는다. 혹시 다시 때가 되어 해야 된다고 느낀다면, 그때 다시 하게 될지도 모르지만 말이다. 무엇이든 확신할 수 있는 것은 없다. 이 명상법은 나의 내적 여정 초반에 아주 큰 도움이 됐다.

이 명상을 통해 나의 무의식에 쌓여 있던 과거의 기억을 정화하는 데 도움을 받았다. 나의 지난 삶을 돌아보면서 삶에 함몰됐던 나의 의식을 관찰자의 위치에서 바라보게 해줬다. 나 자신의 삶을 돌아보며 내가 왜 그런 선택을 하며 살아왔는지에 대한 통찰을 갖게 해줬다. 물론 시각화 정화 방법을 통해 명상이 끝나고 나면, 정말 나의 무의식이 청소된 듯 가벼워진 것을 느꼈다. 이후로 한동안 개인적으로 집중해서 하루 중 일정한 시간을 할애해서 매일 이 명상을 했고, 때로는 혼자 템플스테이를 떠나서 그곳에서 2박 3일간 집중적으로 '마음 정화 수련' 명상을 했다.

이 명상을 정직하고 진지하게 할수록 외부 탓을 할 수 없었다. 오로지 나의 선택에 기인했다는 것을 낱낱이 보게 됐고, 나의 삶에 100% 책임이 있다는 것을 깨닫게 됐다. 나는 겸손해졌다. 겸손할 수밖에 없었다. 마음 정화 명상 수련은 겸손하게 나의 내적 작업을 이어가는 토대가 됐다고 볼 수 있다.

그 이후에도 다양한 명상을 해왔다. 그중 담마 센터에서 수행한 집중 '위빠사나 명상'은 나에게 또 다른 이해를 가져다줬다. 내가 처음 위빠사나 명상을 알게 된 것은 인도에 있는 담마 센터의 명상이었지만, 인연이 닿지 않아 가지 못했고, 한국 진안에 위치한 담마 센터에서 명상을 하게 됐다. 이곳에서 수련자들은 10일 동안 한마디 말도 하지 않는다. 온전한 침묵으로 자신의 명상에 집중하는 시간을 가진다. 몸의 감각을 관찰하고 또 관찰한다. 고엔카 선생님은 이 과정을 '칼로 도려내는 수술의 시간을 가진다'라고도 표현했다.

몸의 감각을 관찰하며, 다양한 감각들이 일어나고 사라지는 것을 관찰한다. 그리고 그것의 무상함을 알아차리게 된다. 또한 수련자들은 명상의 과정에서 자신의 감각에 대한 갈망과 혐오를 관찰한다. 수련자들은 이 감각을 관찰하는 위빠사나 명상을 하면서 자기도 모르게 자기가 좋아하는 감각이 일어나면 좋아한다. 그리고 자기가 어떤 성취를 이룬 것 같은 착각을 한다. 또한 자기가 싫어하는 감각을 경험하면 그것을 싫어한다. 그리고 자신의 명상 진도가 나가지 않는 것 같은 착각을 한다.

여기서 중요한 것은 '평정심'이다. 수많은 감각들은 일어났다가 사라진다. 그 감각들은 내가 좋아하는 감각일 수도 있고, 싫어하는 감각일 수도 있다. 그러한 감각들이 일어나는 것을 마음의 평정심을 가지고 관찰하고, 그러한 감각에 대한 갈망과 혐오를 일으키는 마음의 반응을 관찰하는 평정심을 계발하는 것이다. 마음의 '평정심'을 계발해서 인내를 가지고 지속적으로 지켜볼 때 우리는 '위빠사나', 즉 '통찰력'을 계발하게 된다.

깨달음을 얻으려는 날 밤, 고통의 원인을 파헤치고 그것을 제거하는 것에 대해 완전한 이해를 얻기 전까지 결코 일어나지 않으려는 굳은 마음을 품고 보리수 나무에 앉았던 고타마 싯다르타(붓다)의 이야기처럼 나 또한 위빠사나 명상을 하는 과정 내내 그런 마음으로 앉아 있었다. 다리를 풀지 않고, 굳은 마음으로 그 모든 과정을 지켜봤다. 명상 시간에만 명상을 한 것이 아니었다. 10일 내내 모든 시간을 명상했다. 나는 붓다가 설한 그것을 직접 깨닫고 싶었다. 그리고 붓다가 말한 고통의 원인을 낱낱이 봤다. 그 원인으로 인해 우리의 생에 생을 거듭해 지속되는 의식의 흐름을 지켜봤다. 감각에 대한 아주 미세한 무의식적인 작은 반응만으로 정신적, 육체적 구조물은 일어나고 지속된다는 것을 볼 수 있었다. 진정 고통에서 벗어나기 위해서는 '있는 그대로 받아들이는 것'이었다. 어떤 반응도 하지 않는 그대로 바라볼 때, 그것은 사라졌다. 그저 일어나고 사라지는 자연스러운 흐름으로 녹아들 뿐이었다.

나는 이 과정을 통해 '평정심'과 '위빠사나'가 계발됐다. 그리고 놀랍게도 명상 코스가 끝난 후 나의 내면은 아주 말끔히 청소되어 있었다. 이후 집에 돌아와서도 하루 중 일정한 시간을 내어 위빠사나 명상을 지속했고, 다음 해에도 진안에 있는 담마 센터에서 위빠사나 명상을 했다.

마지막으로 내가 가장 강조하는 내면 청소법이 있다. 이는 내가 운영하는 유튜브 채널 <현존라이프TV>를 만든 이유이기도 하다. 그것은 집 안에 쓰레기와 먼지가 잔뜩 쌓이기 전에 그때그때 바로 청소하는 것이다. 즉, 우리의 일상 전체가 명상이 되는 것으로서 일상의 '알아차림'이다. 세계적 영적 스승인 데이비드 호킨스(David Hawkins) 박사도 '관상적 태도'를 강조했다.

내가 처음 에니어그램으로 내면 작업을 했을 때 했던 것은 일상에서 나의 생각, 감정, 행동 패턴을 관찰하는 것이었다. 나는 일상에서 나의 패턴들을 알아차리기 위해 지속적으로 나의 내면으로 시선을 옮겨야 했다. 아침에 일어나서 세수하고, 밥 먹고, 회사 갈 준비를 하고, 사람들을 만나고, 집에 돌아와 가족과 함께 시간을 보내고, 설거지와 청소를 하고, 잠자리에 드는 그 모든 시간을 관찰하는 것이다. 그 안에서 생각의 패턴, 감정적 패턴, 그리고 감각에 대한 갈망, 혐오에 대한 정신적 작용 등을 알아차리는 것이다. 그리고 그 모든 것을 억압하거나 회피하지 않고 있는 그대로 받아들인다. 사랑으로 허용하고 껴안는 것이다. 그렇게 온전히 허용하며 흘려보낸다. 일상의 작업, 즉 라이프 워크를 이어나간다.

작업하는 힘이 커지기 위해서는 틈날 때마다 호흡을 자각하며 현재로 돌아온다. 현존 안에서 휴식하며, 알아차림의 힘을 키워나간다. 그렇게 흘려보내는 작업을 할 때 '정화'가 이루어진다. 때로는 호오포노포노의 정화 메시지 "사랑합니다. 고맙습니다. 미안합니다. 용서하세요"를 함께 사용하기도 한다. 핵심은 알아차리고, 흘려보내는 것(정화)이다. 그리고 그것이 지나간 자리에 사랑이 정체를 드러낸다. 그 사랑을 기반으로 우리는 어떤 결정과 행동을 하게 된다. 우리 안의 보석이 드러나는 것이다. 우리 삶에 대해 전적으로 내맡기는 태도가 있을 때 이 과정은 자연스럽게 이루어진다.

현재 자신의 삶이 어수선하고 뭔가 핵심을 놓치고 있는 것처럼 느끼는가? 이전과는 다른 삶을 살기를 원하는가? 혹은 원하고 바라는 인생을 위해 시각화, 시크릿, 끌어당김의 법칙을 사용해서 부단히 노력하고 있다면 새로운 것을 더하기 전에 내면을 먼저 청소해보라.

상상에는 한계가 없다. 마음껏 상상하라

"상상하라. 그러면 현실이 되리라"라는 말을 들어봤을 것이다. 과연 그럴까? 이런 말을 들으면 누구는 자신의 경험에 비춰 "그렇다"라고 대답할 것이고, 또 어떤 이는 "그렇지 않다"라고 대답할 것이다. 나의 대답은 다음과 같다.

"마음껏 상상하라. 그대의 상상에는 한계가 없다. 그리고 그 결과는 더 큰 힘에게 맡기라."

오래전의 일이다. 당시 나는 첫 직업인 간호사를 그만두고 기업 교육 강사라는 새로운 직업에 적응하고 있었다. 기업 강사 2~3년 차쯤 한참 열성적으로 일할 때였다.

지도교수님께 인사도 드리고, 새로운 진로에 대한 소식도 전할 겸 대구에 있는 모교에 찾아갔다. 지도교수님께서는 내가 간호사가 아닌 새로운 진로를 결정한 것에 대해 축하해주셨다. 당시 나의 모교는 한강 이

남 최초로 간호 대학이 세워진 학교로서 자부심이 대단한 곳이었기에 지도교수님의 격려가 너무나 감사했다.

지도교수님의 격려를 한껏 받고 나온 후 강당 앞에서 동아리 지도교수님을 만났다(나는 학창 시절 학과 중창단 동아리의 회장을 맡았었다). 동아리 지도교수님께도 진로 소식을 전했더니 핀잔만 들었다. 병원의 임상 간호사를 그만둘 거면 대학원에 진학해서 석사 과정을 밟을 것이지 쓸데없는 길을 간다고 말이다. 사실 당시에는 기업 교육 강사라는 직업이 그리 흔한 직업은 아니었다. 교수님 입장에서는 듣도 보도 못한 일을 무모하게 한다고 여겼을 수도 있다.

나는 그 순간 강당을 바라봤다. 그리고 아주 순식간이었지만 강렬한 장면을 떠올렸다. 내가 강당에서 교수님들과 선후배들 앞에서 강의하는 모습이었다. 마치 실제로 일어난 현실처럼 매우 생생했다. 아주 짧은 순간이었지만 앉아 있는 청중들의 모습, 그들의 숨소리, 그 안의 에너지, 그들의 환호성, 그리고 그 앞에서 자신 있게 강의하는 나의 기분까지 생생하게 느껴졌다. 그리고 꼭 그렇게 하겠노라고 속으로 다짐했다. 그로부터 한참 후 당시의 상황을 까마득히 잊고 있던 어느 날, 모교의 간호학장님으로부터 전화가 왔다. 새로 부임한 간호학장님은 새로운 프로그램을 계획하고 계셨고, 마침 나의 지도교수님으로부터 나를 추천받아 나에게 특강을 요청하셨다. 그 이후 나는 모교에서 진행하는 '보건 교사 연수 교육'에서 몇 차례 강의를 했다. 그때 나의 선배들도 만났다. 또한 모교 간호 축제 때 교수님, 후배, 선배들이 모인 자리에서 특강도 했다.

상상이 현실이 된 것이다. 지금 돌이켜 보건대, 내가 상상해서 현실이 된 것인지, 아니면 미리 일어날 일을 내가 본 것인지 헷갈린다. 그 정도로 매우 생생했다. 이 사건뿐 아니라 어떤 일들은 아주 순조롭게 마치 동시성처럼 상상되면서 나중에 그 일이 현실이 됐지만, 어떤 일들은 아무리 애써 상상하더라도 이루어지지 않았다. 나는 그 이유를 알고 싶었다. 하지만 어느 시점부터 이런 상상력을 발휘해서 외부적인 것을 획득하는 데 관심을 잃었다. 왜냐하면 외부 환경을 바꿈으로써 무엇인가를 얻으려 하는 욕망이 사라졌기 때문이다.

2014년 여름 이후, 나의 마음은 거의 작동하지 않았고 그저 고요했다. 생각은 거의 일어나지 않았다. 나의 몸은 자기가 할 일을 알아서 하고 있었다. 또한 나는 사람들의 언어를 이해하는 데 약간 시간이 걸렸다. 또한 그들에게 이야기할 때도 지체하는 시간이 있었다. 사실 언어를 이해한다기보다는 있는 그대로 받아들이고 있다는 것이 더 맞다고 할 수 있겠다. 그저 있음 그대로 존재할 뿐 어떤 말을 사용해서 소통하는 데 개인적인 어려움을 느끼고 있었다. 실로 나는 세상이 환영임을 보고 있었다. 그리고 그 환영 속에서 깨어 있는 꿈을 꾸듯 살아가고 있었다.

그러나 삶은 나를 '공'의 상태에 묶어두지 않았다. 나의 가슴은 '어떤 일이 있어도 진리를 위해 직진'이라는 좌표를 가지고 있었기 때문이다. 내가 아는 것을 기꺼이 내려놓고, 나에게 주어진 삶의 모든 면을 받아들이고 내맡겼다. 2015년 아버지의 죽음, 2016년 결혼, 그리고 2018년 출산의 과정을 겪으면서, 서서히 물질 세상 속으로 돌아왔다. 그 과정에서 사람들과 소통하는 방법도 되찾았다. 저 멀리 가버린 언어가 되돌아오는 과정이었다.

또한, 색과 공이 다르지 않음에 대한 철저한 존재적 차원의 받아들임이 가속화 됐다. 《반야심경》에서 말한 '색즉시공 공즉시색'에 대한 마음과 가슴 차원의 깨어남이 있다고 하더라도, 그것을 실제로 살아가는 것은 또 다른 과정인 것이다. 그 색의 세상에서 나뉘지 않은 하나임의 진리와 사랑을 드러내 행동하는 사랑으로 살아가는 것이 다음에 내가 걸어가야 하는 길이라는 내적 확신이 들었다.

내 안에서는 어릴 적부터 갖고 있던 예수님에 대한 사랑이 다시 불타올랐고, 그분의 가르침을 따라 살아가는 제자의 길을 걸어가겠노라 마음속으로 선언했다. 내면에서는 인류를 향한 봉사의 마음이 자꾸만 솟구쳐 올랐다. 그러나 여전히 세상으로부터 벗어나고 싶은 마음도 동시에 존재했다. 나는 그 마음을 지속적으로 내려놓고, 세상 안에서 겸손하게 봉사할 수 있도록 올바른 가르침을 달라고 기도했다. 진정한 자신의 본성에 대한 앎이 있다고 하더라도 육체와 더불어 나의 삶이 지속되고, 내가 살아가는 세상의 문제들은 사라지지 않고 그대로 존재한다. 그러기 위해서는 삶이 나를 이끌어가는 그 과정 속에서 철저히 살아가며, 더 높은 지혜와 통찰이 필요하다.

참나의 드러난 실제인 이 세상에서 창조적으로 참여하는 방법들을 계발해나가야 할 수행이 나를 기다리고 있었다. 그렇게 삶은 진정한 인간의 꽃을 피우는 길로 나아가도록 나를 이끌었다. 삶은 나에게 세상에서 인간의 꽃을 피우기 위한 수행의 첫 번째 스승으로 '새로운 일'을 하게 했다. 나는 다시 사람들 속으로, 사회 시스템의 교육 속으로 들어갔다. 그 일을 성공적으로 하는 방법에 대한 세미나에 참석해 교육받으면서 내 안의 무엇인가와 계속 부딪히는 느낌이었다. 앞으로 나아갈 수도,

뒤로 후퇴할 수도 없는 지경이었다.

그러나 한 가지 알고 있는 것은 내가 진정 힘들다고 느낀다면, 그것은 내가 그것을 받아들이고, 정화하며, 그 안에 배워야 할 것이 있음을 뜻한다. 새로운 일을 시작하고, 성공의 법칙을 배우는 세미나를 들으면서 거부감이 들었던 것은 드림보드를 작성하는 것이었다. 이제 나는 더 이상 무엇인가를 원하며 살지 않는데, 다시 무엇인가를 원하고 시각화하는 것은 매우 인위적인 느낌이 들었다. 그러나 현실에서 이러한 법칙이 존재하고 많은 사람들이 공부하고 익히려 하고 있는 것이라면, 이것을 받아들이고 탐구하기로 했다.

'나는 이것을 통해 무엇을 배울 것인가?'
'상상하라. 그러면 현실이 되리라.'

이제 이 문제를 풀 때라는 것을 직감했다. 이 메시지가 주는 진정한 의미를 파악하고, 그 원리를 깨닫고 싶었다.

우리가 지속적으로 열망하는 것은 우주의 지성이 그 열망을 성취하도록 에너지를 집중해준다.

'상상이 현실을 창조한다'라는 상상의 법칙에 대해 많은 가르침을 펼친 선구자가 있었으니, 그는 바로 1930년대부터 끌어당김의 법칙을 강연한 형이상학자 네빌 고다드(Neville Goddard)다. 그는 우리가 상상하는 것은 무엇이든 이루어진다고 했다. 그는 상상이라는 마음의 힘을 사용하는 법을 가르쳤다. 그의 가르침의 핵심은 자신이 원하는 것이 있다면, 그 원하는 소망이 이미 이루어진 결말의 관점에서 상상하라고 한다. 그것이 핵심이다. '이미 이루어진 현실'을 내적으로 먼저 경험하라는 것이다. 그러면 그것은 내가 예상치 못한 때와 시간에 이루어진다고 했다. 나의 상상이 실제로 현실이 됐던 사례를 돌이켜 보면 그때 나의 상상은 '이미 이루어진 결말에서 생생하게 느꼈다'라는 것이다. 이것이 우리가 상상의 법칙을 사용할 때 중요한 키포인트라고 할 수 있다.

어떻게 이미 이루어진 결말을 생생하게 상상할까? 영적 교사이자 뇌과학자인 조 디스펜자 박사는 '분명한 의도'와 '고양된 감정'의 결합이 중요하다고 했다. 이렇게 결합된 전자기적 서명은 무한한 가능성의 양자장에 조율되어 우리에게 현실로 나타난다. 이때 중요한 점은 '순수한 상태'에서 상상하는 것이다. 현실 창조를 알려주는 다른 영적 가르침에서 보면 그 상태를 '제로 포인트'라고도 표현한다. 즉, 무한한 가능성이 잠자고 있는 가장 순수한 상태에서 심상화를 하는 것이다. 현재 의식의 판단을 내려놓고, 잠재의식에게 직접 메시지를 보내는 것이다. 우리의 상상력은 무한하다. 자신의 상상력을 마음껏 활용하라. 마음껏 상상하라. 그리고 농부와 같은 마음으로 임하라.

농부는 씨앗을 심을 때부터 수확이 잘될 것이라 생각하고 정성껏 물과 거름을 준다. 농사가 망할 것이라 생각하며 씨앗을 뿌리는 농부는 아무도 없다. 걱정하지 말라. 훌륭한 농부는 자신이 할 일에 최선을 다하되, 수확의 결과물은 하늘에 달려 있다는 것을 잘 알고 있다.

피터 마운트 샤스타(Peter Mt. Shasta)의 저서 《마스터의 제자》에서는 이 창조의 법칙에 대해 명확하게 기술하고 있다.

"생각과 느낌, 말과 행위의 일관화된 집중은 엄청난 창조적 힘의 방출을 불러오게 됩니다."

　씨앗을 뿌리며 물과 거름을 잘 주는 농부처럼 자신의 순수한 소망을 불러일으키라. 그 소망이 이미 이루어진 것을 확신하고 생생하게 상상하라. 그리고 의심하지 말라. 그 소망과 일치하는 말과 행동을 하라. 그 모든 결과를 움켜쥐지 말라. 일어날 일은 일어나게 되어 있다. 일어나지 않을 일은 일어나지 않을 것이다. 일어나지 않는다면, 그것은 진정으로 자신에게 필요한 것이 아니다. 모든 결과는 나에게 좋은 것들이다. 그러니 마음껏 상상하라. 그대의 상상에는 한계가 없다. 그리고 그 결과는 더 큰 힘에게 맡겨라.

결핍의 생각을
풍요의 생각으로 바꿔라

5월 5일 어린이날이 지났다. 이제 우리 마을은 한창 모종을 심는 시기다. 시골로 이사 온 우리 집 밭도 예외는 아니다. 이사 온 첫해에 아무것도 모르고 심었던 야채들이 주렁주렁 맛있게 결실을 맺어줘서, 다음 해에도 이것저것 도전해봤다. 어린이집에서 어린이들이 파종해서 만든 완두콩 모종을 심었다. 우리 집 텃밭에서 키운 토마토가 세상에서 가장 맛있음을 경험한 터라 매년 토마토 키우기에 도전한다. 텃밭 하면 상추를 빠뜨릴 수가 없다. 감자, 땅콩, 대파, 당귀, 방풍나물, 딸기, 고구마, 옥수수, 부추, 열무, 배추, 호박, 오이, 고추, 수박 등 밥상에 올릴 수 있는 것들은 구역을 나눠 부지런히 심었다. 그래도 한 해 텃밭 농사 좀 지어봤다고, 배운 것이 하나 있다. 아무리 자연 농업이라 하더라도, 적당량의 잡초는 뽑아줘야 한다는 것을. 특히 뿌리가 옆으로 뻗으면서 자라는 쑥 때문에 다른 식물들이 뿌리를 내리기가 힘들어서 작물을 심는 곳은 반드시 쑥을 제거한다. 그리고 가장 중요한 것은 내가 무엇을 심고 싶은지 생각하고 원하는 모종을 심는 것이다.

우리의 잠재의식은 우리 집 텃밭과도 같다. 우리 안의 가능성의 씨앗을 그 안에 품고, 그것을 키워내는 텃밭이다. 가능성의 씨앗이라는 것은 곧 우리의 생각이다. 우리의 토양에는 늘 무엇인가가 자라고 있다. 내가 열매 맺기를 원하는 작물이 자라고 있는가? 아니라면, 자신의 잠재의식 안에 심어진 씨앗을 잘 살펴봐야 한다.

나는 풍요를 원하는데 자꾸만 결핍을 경험하고 있다면, 아마 내 안에는 결핍의 씨앗이 심어져 있을 가능성이 높다. 풍요를 원한다면 가장 먼저 풍요의 씨앗을 심어야 한다. 물론 심는 씨앗이 모두 발아되어 자라나 열매를 맺는 것은 아니다. 하나의 씨앗이 발아되어 성장하려면, 태양, 물, 좋은 유기물이 필요하다. 그 씨앗이 발아되는 시기도 각각 다르다. 어떤 씨앗은 바로 발아되어 자랄 수도 있고, 또 어떤 씨앗은 2년 뒤에 발아되어 자랄 수도 있다. 그러나 분명한 것은 수박을 먹고 싶다면 수박씨를 심어야 하고, 딸기를 먹고 싶다면 딸기씨를 심어야 한다는 것이다.

나는 어릴 적부터 '마법', '연금술'에 관심이 많았다. 유년 시절에는 <모래요정 바람돌이>라는 만화를 그렇게 좋아했다. 모래요정 바람돌이는 마법을 부려서 어떤 것이든 바꿀 수 있는 능력이 있었다. 어린 마음에 그게 마냥 좋았다. 나의 내면에서는 늘 쇠를 금으로 바꾸는 연금술, 마법을 적어 놓은 비법서가 존재하리라 믿었다. 정확하게 말하면, 비법서를 찾아서 그런 능력을 갖고 싶었다. 그런 내적 끌림 때문일까? 2009년 즈음, 우연히 서점에서 파울로 코엘료(Paulo Coelho)의 장편 소설《연금술사》를 보고 잠시도 망설이지 않고 바로 책을 구입해서 읽었다. 당시 연금술사는 나를 뒤흔들어 놓았다. 그리고 '연금술의 비법'을 간절히 알고 싶은 소망에 불이 붙었다. 책 내용 중 연금술사가 주인공 산티아고에게 한 말은 나에게 오래도록 남았다.

"사람이 어느 한 가지 일을 소망할 때, 천지간의 모든 것들은 우리가 꿈을 이룰 수 있도록 뜻을 모은다네."

이것이 연금술의 중요한 메시지였다. '내가 소망하는 것' 그것이 이루어지는 것이다. 그렇다면 내가 원하는 것이 무엇인가를 알고 그것을 원해야 하는 것이다. 예를 들어 '나는 공기업에 입사해서 많은 연봉을 받고 싶어'라고 원할 수 있다. 그것을 간절하게 원하면 아마 이루어질 가능성이 높다. 하지만 그것을 통해 진정으로 행복할까? 그것은 의문이다. 원하는 것이 단순하게 '공기업에 입사'하는 것이라면, 그것만으로 행복하고 만족하겠지만, 대부분의 경우에는 그렇지 못하다는 것을 금방 깨닫게 될 것이다. 어쩌면 내가 공기업에 입사해서 '높은 연봉'을 바란 것은 '가족으로부터의 인정', 더 나아가서 '스스로의 인정' 때문일 확률이 높기 때문이다. 그러므로 내가 진정으로 바라는 것은 '인정'이다. 그렇다면 나는 나의 잠재의식이라는 토양에 '공기업에 입사'라는 씨앗이 아닌, '인정'이라는 씨앗을 심어야 한다.

'현현'의 법칙으로 유명한 형이상학자 네빌 고다드는 자신의 책《믿음으로 걸어라》에서 다음과 같이 말했다.

"그대가 원하는 것은 무엇이든 외부에 나타나기 전에 I AM인 하느님이 자신을 그것으로 느낀다. 그리고 그렇게 느껴진 것은 외부에 모습을 드러낸다. 이것이 부활이고 무(無, nothingness)에서의 창조다. 나는(I AM) 부자다. 혹은 가난하다. 나는(I AM) 건강하다. 혹은 병약하다. 나는(I AM) 자유롭다. 혹은 구속된다. 이런 인식들은 그것들이 눈에 보이기 전에 선행된다. 그대의 세상은 바로 객관화된 그대의 의식이다."

세계적인 영적 지도자인 데이비드 호킨스 박사도 그의 책《성공은 당신 것》에서 성공은 외부의 것을 가지는 것이 아니라, 이미 내 안에 있는 것을 알아보는 것이라고 했다. 그것이 '현현'이라고 했다. 즉, 우리 안에 이미 일어난 일이 외부에 드러나는 것이다.

나는 이러한 영적 가르침에 전적으로 동의한다. 아주 오래전 나는 성공과 풍요를 위해 끊임없이 외부의 조건을 바꾸려고 손을 뻗었다. 정말 열심히 노력했다. 그리고 그 결과는 원하는 만큼 따라왔다. 많은 기업과 학교 및 관공서에서 강의 요청이 쇄도했고, 기업 연수원이나 컨설팅 회사와 함께 프로젝트도 많이 했다. 그러나 정작 나는 공허했고, 결핍을 느꼈으며, 실패했다고 여겼다. 불행했다. 결국 나는 외부에서 획득하려는 것을 모두 그만두고 나의 내면으로 눈을 돌렸다.

나의 내면에서 발견되는 공허감, 패배감, 실패, 수치심, 결핍감, 우울, 분노 등의 에너지를 발견해서 인정하고 놓아줬다. 그동안 내 안의 공허함을 만나고 싶지 않아서 외부의 조건을 이루려 했다. 내가 좀 더 능력 있고 사회적으로 성공하면, 그 공허감이 채워질 것이라 생각했다. 그러나 나의 공허감을 놓아주지 않았기 때문에, 즉 텃밭의 쑥을 제거하지 않았기 때문에 사회적으로 성공할수록 더욱 공허감이 자라났다. 공허함을 놓아주면 내 안의 충족이 드러난다. 그렇게 그동안 외면했던 나의 공허, 패배, 실패, 수치, 결핍, 우울, 분노 등의 에너지를 놓아준 후에야 내 안의 충족, 만족, 풍요, 감사, 사랑, 용서, 기쁨이 드러났고 내 안에 그러한 보물들이 가득함을 깨닫게 됐다.

우리나라의 옛 속담 중 '콩 심은 데 콩 나고, 팥 심은 데 팥 난다'라는 '현현'의 법칙을 아주 잘 나타내는 말이다. 나는 '의식적인 생각'을 함으로써 '현현의 법칙'을 의식적으로 사용한다. 내가 의식적으로 나의 생각을 들여다보지 않으면 내 안에는 반복적이고 무의식적으로 형성된 생각들이 자리를 차지한다. 내면에 의식의 빛을 비추고, 깨어 있는 생각을 하려고 노력한다. 그래서 내면의 빛을 가리는 생각을 알아차리고, 허용하고, 흘려보낸다. 그리고 내면의 빛을 반영하는 '의식적 생각', 즉 '내적인 선포'를 한다. '나는 사랑이다. 나는 빛의 존재다. 나는 풍요다. 나는 자유다. 나는 평화다. 나는 지혜다. 나의 내면에서 빛나는 신성한 빛은 세상으로 흘러가 세상을 환하게 밝힌다'와 같은 내적 선언을 한다.

얼마 전 '현존라이프 코칭'을 받은 현정 씨가 자신의 이야기를 고백했다. 그녀는 한때 유튜브에서 사건, 사고를 다루는 영상을 한동안 계속 봤다고 한다. 그랬더니 갑자기 남편이 자기를 죽일까 봐 극도로 무섭고 불안한 생각에 잠을 잘 수 없었다고 했다. 다행히 자신의 내적 상태를 인식하고 에너지를 정화하며 충전하는 수련을 했다고 한다. 그 결과 다시 내면의 에너지가 밝아지고 충만해지면서 자신의 남편이 그렇게 착해 보일 수가 없었다고 한다. 평소에 주로 어떤 생각을 하는지가 너무나 중요함을 깨달은 순간이었다고 했다.

우주의 사랑은 한결같다. 정말 아무런 평가나 판단 없이 있는 그대로 나를 사랑한다. 내가 내 안에서 주로 하는 생각, 그것을 우주는 '소망'이라고 여기고 나에게 그대로 보여준다. 우리가 평소에 하는 생각들은 우리가 경험하는 우주에 그대로 반영된다. 풍요를 원한다면 이제 결핍의 생각을 내려놓고, 풍요의 생각을 하자. 더 나아가 나의 내면에 늘 흐르는 풍요를 인식하고 풍요를 선언하자. 그것이 진정한 삶의 창조자로 살아가는 길이다.

소망을 품고
사랑으로 나아가라

당신은 가슴에 소망을 품고 살아가고 있는가? 아니면 그저 생존하는데 급급한가? 가지지 못한 것을 가지라고, 끊임없이 노력하라고 말하는 것이 아니다. 순수한 소망을 가슴에 품고 있는지를 묻는 것이다. 어떤 거창한 것이 아니어도 좋다. 가슴의 순수한 소망을 품을 때 그 순간 기적이 발현된다.

따스한 햇살, 아이들의 재잘거리는 소리, 스치는 바람결을 느끼며 집 앞 공원을 산책 중이었다. '유튜브를 시작해!' 내면에서 소리가 들렸다. '응?' 나는 깜짝 놀랐다. 유튜브라니! 나는 그저 평범한 주부다. 어린이집에 다니는 아이에게 한창 손길이 많이 가는 바쁜 워킹맘이기도 하다. 그런데 유튜브라니! 가당치도 않은 말이었다. 게다가 내가 유튜브로 찍을 콘텐츠가 어디에 있단 말인가!

며칠 뒤 오래된 도반에게서 이런 말을 들었다.

"선생님, 유튜브를 찍어보세요."

"네, 그런데 제가 무슨 콘텐츠로 영상을 찍겠어요? 이미 경전을 풀이해주시는 훌륭한 선생님들도 많고, 명상을 안내하는 좋은 채널도 많은데, 저는 딱히 할 말이 없는 걸요."

이렇게 말했지만 이미 내 마음속에서는 유튜브를 시작해야 함을 받아들였다. 마음의 저항을 내려놓는 시간을 몇 번 지나서 유튜브 채널에 대해 고민하기 시작했다.

'좋아, 유튜브를 해보자. 그런데 어떤 콘텐츠로 해야 하나?'

한참의 시간이 흐른 뒤 나라는 존재를 통해 세상에 흘려보내고 싶은 이야기가 있을 것이라고 여겼다. 그렇게 <현존라이프 TV> 채널이 탄생됐다. 제목을 정하고 나니 유튜브를 운영하는 방법에 대한 과정이 나를 기다리고 있었다.

'얼굴을 보이고 할 것인가? 얼굴 없이 할 것인가?' 등에서부터 아주 작은 저항들이 올라왔고, 나는 그 저항들을 흘려보내야 함을 알고 있었다. 얼굴을 보이는 것에는 용기가 필요했다. 뭔가 멋있는 영상을 찍을 자신도 없었고, 매끄럽게 편집할 자신도 없었다. 일주일에 여러 편씩 자주 영상을 올릴 시간도 여의치 않았다. 여타의 생각들이 지나가고, 나는 그저 그것들을 허용하고 흘려보냈다. 그러나 단 하나의 마음만은 확고했다. '나의 채널을 통해 누군가에게 도움이 됐으면 좋겠다', '나의 영적 여정에서 지나온 작업, 여정, 그 안에서 일어난 통찰이 누군가에게 도움이 됐으면 좋겠다' 그렇게 아주 작은 소망으로 유튜브를 시작했다.

'나의 이야기가 단 한 사람의 영혼에 가 닿는다면, 그것으로 나의 채널은 성공이다' 이 마음 하나로 순수한 소망을 품고 영상 하나하나에 사랑을 담아 한 달에 한 편씩 영상을 올렸다. 여덟 달쯤 지났을까? 유튜브 채널에 댓글이 달리기 시작했다.

'쉽게 설명해주셔서 감사합니다. 제 자신의 패턴을 알아차리는 연습을 하고 있는데 어려워서 찾아 헤매다 여기 도착했습니다.'
'영감을 주셔서 감사해요.'
'명확한 설명으로 많은 도움이 됐습니다.'

댓글들을 보는 순간 전율이 흘렀고, 그저 감사하는 마음만이 감돌았다.

아주 오래전 나는 <삶으로 깨어나기>라는 밴드를 운영하고, 소수의 사람들과 함께 참나 탐구, 깨어남, 침묵 명상 리트릿을 진행하고 있었다. 그때 한 분이 제안했다.

"선생님, 아쉬람 같은 것 한번 해보시는 것이 어떠세요?"

자신도 나중에 그런 아쉬람을 통해 사람들에게 좋은 학습 공간을 제공하고, 자신이 현재 배운 내용을 사람들과 함께 나누고 싶으니, 같이 아쉬람을 열어보자는 것이었다. 나는 선뜻 대답하지 못했다. 아쉬람이라는 공간에서 함께 공부를 나누는 것은 오래된 나의 소망이기도 했지만, 당시에는 그저 그것이 나의 몫이 아니라고 여겼다.

"언젠가 때가 되면 되겠지요."

진심이었다. 진정으로 나의 소망이 순수하고, 나를 통해 이 우주가 할 일이 있다면 이루어질 것이다. 그러나 나의 소망이 순수하지 않고, 나를 통해 우주가 할 일이 없다면 이루어지지 않을 것이다. 나는 나의 소망이 더욱 순수하기를 소망했다.

시간이 한참 흘렀다. 5년쯤 지났을까? 내 마음에는 영성 공동체, 아쉬람, 리트릿 센터를 만들어 사람들이 안심하고 마음껏 공부하러 올 수 있는 공간을 만들고 싶다는 열망이 생겼다. 때가 된 것이다. 그간 나의 영적 여정에 도움을 줬던 수련 장소, 창원의 아쉬람, 인도의 아쉬람, 오로빌 공동체 등을 떠올리며 그런 봉사를 할 수 있다면 기꺼이 하고 싶다는 마음에 불이 지펴졌다.

오래전 나에게 아쉬람을 제안한 도반에게 연락했다. 그때의 마음이 변함없는지 물어봤고, 함께 공간을 만들어나가기로 했다. 그리고 남편에게도 나의 소망을 이야기했다. 무엇보다 남편에게 나의 소망을 이야기하고, 남편이 그 길에 함께하기를 바랐다. 남편은 내가 하는 일은 언제나 오케이였다. 내가 하려는 일에 대해 이해하지 못하더라도, 그저 내가 하려는 것에 어떤 도움을 줄 수 있을지 그 방안을 찾는 사람이었다.

나는 일이 펼쳐지는 상황에 그저 감사하고 감탄할 따름이었다. 3명, 즉 3이라는 숫자. 무엇인가 만들어지려면 3이라는 숫자에서 비롯된다.

우주의 원리대로 무엇인가가 꿈틀대며 창조를 시작하고 있었다.

2년 반이라는 시간 동안 꼬박 리트릿 센터가 세워질 터전을 찾아다녔다. 급한 마음은 없었다. 때가 되어야 일이 일어난다는 것은 자명한 이치니 말이다. 그러나 그때를 알아보려면 내가 할 일을 성실히 해야 한다. 우선 적합한 땅을 찾기 위해 집 근처의 청주, 증평 일대에서부터 시작해 충주, 괴산, 무주까지 지역을 확대해나갔다.

그리고 우리는 충북 괴산군 청천면 삼송리 청정마을에 자리를 잡았다. 이 땅과 첫인사 하던 순간을 잊을 수 없다. 별 기대 없이 이 땅을 찾아 꼬불꼬불 많은 산을 지나고 마을 입구에 도착한 순간, 눈앞에 펼쳐진 대야산과 마주하게 됐다. '쿵!' 하고 심장이 울렸다. 마을 안으로 들어서면서 집터를 마주한 순간 그 일대를 감도는 고요와 평화로움이 밀려왔다. 잔잔한 눈물이 고였다. '이곳이다!' 내적인 외침이 들렸다. 나는 그곳을 여러 번 방문했다. 밝은 날, 어두운 날, 아침, 저녁, 비 올 때, 화창할 때…. 올 때마다 이 땅은 나에게 오라고 손짓했다.

이곳에 이사 온 지 이제 2년이 조금 넘었다. 이른 아침 창을 통해 들어오는 햇살은 이루 말할 수 없이 아름답다. 마당에 나가 눈앞에 펼쳐진 산을 보노라면 이곳에서 많은 보살핌을 받고 있음이 느껴진다. 그저 이 공간에 머무는 것만으로도 평화로움이 감돌고 충만한 사랑을 느낀다.

우리 집에 하나둘 찾아오는 사람이 늘고 있다. 자신의 고민을 털어놓고, 영성 공부의 어려움을 이야기한다. 레이키 힐링과 레이키 교육을 받기 위해 찾아오기도 한다. 얼마 전에는 '레이키 하프데이 리트릿', '침묵 명상 리트릿'으로 전국에서 사람들이 찾아와 사랑과 평화의 시간을 가졌다. 아직은 그럴싸한 명상 홀이나 교육할 수 있는 공간은 없다. 그저 소박한 우리 집 거실을 이용할 뿐이다. 어쩌면 그런 소박함에 깃든 사랑이 오는 이들의 마음을 더 열게 하는지도 모르겠다. 이곳의 이야기가 어떻게 펼쳐질지 나는 모른다. 그저 찾아오는 이들이 평화롭기를 바란다. 신성한 사랑을 충분히 경험하고 돌아가기를 바란다. 그들이 돌아가서 자신의 일상에 더 맑게 깨어 작업할 수 있는 지혜를 얻어가기를 소망한다. 그런 곳이 되어가기를 소망한다.

그 소망이 하늘에 닿은 것일까? 몇 달 전 친구 자영이와 카페에서 만났다. 자영이는 나의 소개로 창원에 계신 스승님에게서 몇 년 동안 공부를 했다. 그러던 중 삶이 자영이를 청주로 이끌었다. 자영이는 어떻게 해서든 창원의 스승님 가까이에 있고 싶어 했다. 그러나 삶은 자영이를 자꾸만 청주로 이끌었다. 자영이는 창원 가까이에 있고 싶지만, 그렇지 않은 자신의 삶을 들여다보던 어느 날 자신의 아쉬람을 찾았다고 말했다. 자기가 찾아가야 할 아쉬람은 창원이 아니라, 바로 내가 있는 괴산의 우리 집이란다. 늘 아쉬람 가까이 있고 싶었던 자영이는 신성의 사랑과 안내에 감사하다고 했다. 그 순간 사람들의 소망을 엮어서 새로운 것을 창조해내는 신성의 사랑에 그저 감사할 따름이었다. 다음은 《성경》의 고린도전서에 나오는 말씀이다.

"그런즉 믿음, 소망, 사랑 이 세 가지는 항상 있을 것인데 그중의 제일은 사랑이라." (고린도전서 13장 13절)

내가 지금 이 순간 현존으로 뿌리내릴 때, 믿음이 사라진다. 믿음 없는 믿음, 이 순간만이 실제라는 확고한 앎이 피어오른다. 모든 것은 지금 이 순간에 펼쳐진다. 지금 이 순간의 실제를 알게 될 때, 삶은 기적 그 자체가 된다. 나의 소망은 순수해진다. 두려움이나 결핍에서 탄생된 욕망이 아닌, 이미 완전한 이 순간에 순수한 소망을 펼칠 뿐이다. 그 소망은 이미 이 순간에 실현되어 있다는 것을 알게 된다. 눈앞에 펼쳐지는 것은 그저 시간 문제일 뿐, 애써 인위적인 결과물을 내는 것이 아니라 그저 자연스러운 흐름을 따를 뿐이다. 모든 순간을 그저 사랑한다. 나의 과정이 어디에 있든, 삶이 나를 어디로 데려가든 말이다. 그렇게 삶에 전적으로 내맡긴다. 오직 사랑으로….

5장

누구나 지금 당장
행복해질 수 있다

사랑은 모든 것을
치유한다

앞에서 언급한 고린도전서 13장 13절 말씀처럼 우리 자신의 근원에 대한 믿음, 순수한 소망, 하나임에서 나오는 사랑, 이 세 가지는 우리에게 항상 있어야 할 것들이다. 아니, 정확히는 우리의 본성에서 나오는 신성한 자질이다. 사랑은 우리의 진정한 자질이다.

나의 지난날을 돌아보면, 끊임없이 누군가로부터 사랑받기 위해 애써 왔다. 세상에 혼자 남겨진 것 같았고, 그 혼자인 것 같은 두려움 속에서 끊임없이 누군가로부터 사랑받고 싶어 했다. 사랑받고자 노력할수록 외로웠고, 외로움이 깊어질수록 생기를 잃었다.

나는 스스로를 구하기로, 나 자신을 돌보기로 결심했다. 무엇부터 해야 할지 알 수 없었지만, 나 자신을 돌보기 위한 모든 방법을 시도했다.

먼저 건강한 음식을 먹고, 약간의 운동을 했다. 일부러 나 자신에게 집중하는 시간을 가졌다. 그렇게 밖으로 향해 있던 모든 관심을 나 자신에게로 돌리기 시작했다. 오랜 시간 동안 영성 워크숍과 명상, 요가 수련을 통해 점점 더 내면에 집중할 수 있었다. 그 과정에서 상처받고, 외롭고, 두려워 떨고 있는 내면의 어린아이를 발견했다. 상처받은 내면의 어린아이를 보듬어주면서 상처들은 조금씩 아물어갔다. 나는 점점 해방됐고 가슴은 따뜻함으로 채워졌다.

내면을 돌아보는 과정이 순탄하지만은 않았다. 나의 오랜 생각 습관은 나를 따스히 안아주기보다는 나를 질책하고 비난했다. 그리고 '자기 관찰'이라는 것을 하기 시작했는데, 나의 생각, 감정, 행동 패턴을 관찰했지만, 관찰 후에 이것을 사랑으로 놓아주는 방법을 배우지는 못했다. 따라서 나의 생각, 감정, 행동의 패턴이 발견되면 엄한 어른이 되어 비난하고, 수치스러워하고, 못 견뎌했다. 나를 질책하고 비난할수록 더욱 우울했고, 무기력해졌으며, 심지어는 '이대로는 도저히 살 수 없다'라는 결론에 이르렀다. 이렇게 사느니 차라리 죽는 것이 나을 것 같았다. 그렇게 죽기로 결심하고 죽으러 가는 차 안에서 섬광 같은 깨달음이 일어났다. 이것 또한 '하나의 생각'이라는 것을 말이다. 그 순간 나에게서 무엇인가 떨어져 나갔다. 나에게는 '아하!' 하는 앎이 생겨났고, 나의 가슴은 사랑으로 채워졌다.

결국 나의 오랜 상처들을 치유하는 것은 비난과 질책이 아닌 사랑이라는 것을 알게 됐다. 나는 차를 돌려 집으로 돌아왔다. 그 후 나는 '자기 관찰'을 통해 발견된 내면의 오랜 습관들을 사랑으로 허용하고 안아줬다. 그렇게 작업의 아주 중요한 가르침이 발견됐다. 그것은 바로 '호기심의 눈과 친절한 가슴으로 작업하는 것'이다. 이 가르침은 나뿐 아니라, 나에게 '현존라이프 코칭'을 받는 클라이언트들에게도 강력한 작업으로 인도했다.

　몇 년 전, 연진 씨가 나에게 '현존라이프 코칭'을 받기 위해 연락해왔다. 그녀는 너무나 혼란스러운 상태였다. 지칠 대로 지친 몸과 마음의 건강을 돌보기 위해 혼자서 마음 공부를 시작했고, 그러던 중 자신 안에 가라앉았던 우울, 불안, 두려움 등의 기억과 감정이 표면으로 떠올랐다. 그 감정들이 너무 커서 스스로 감당하기가 너무 힘든 상황이었다. 하루하루 살아가기가 너무 힘들다고 했다. 나는 그녀와 '현존라이프 코칭'을 시작했다. 코칭이 진행되는 동안 그녀는 자신 안에 웅크리고 있는 어린아이를 만났다. 그 어린아이는 자기 스스로에게 화가 잔뜩 나 있는 상태였다. 아주 어린 시절 할머니와 함께 자란 그 아이는 외로움을 견디기 위해 자신의 욕구와 필요를 외면해버렸다. 그녀는 코칭 세션 작업에서 내면 아이를 만났고, 잔뜩 화가 난 그 아이 곁에서 현재의 그녀는 그저 '호기심 가득한 눈빛과 친절한 가슴으로' 무조건적인 사랑으로 내면 아이 곁에 있었다. 화가 잔뜩 난 내면 아이는 안아줄 수조차 없는 상태였다. 그렇게 그저 기다리고, 또 기다렸다. 그렇게 한참을 기다린 결과 웅크리고 있던 내면 아이는 스스로를 드러내며, 자신 안에 움켜쥐고 있던 분노와 슬픔을 풀어줬다. 그녀는 자신의 가슴을 다시 만났고 뛰는 심장을 발견했다. 그녀의 눈에는 생기가, 입가에는 기쁨의 웃음이 맺혔다. 그동안의 삶은 자신을 지키기 위해, 사랑받기 위해 끊임없이 자신을 질책하고, 훈계하며, 달려왔었다는 것을 깨달았다. 온전한 허용과 사랑만이 자신을 자유롭게 하고, 그 자유로움 안에서 사랑이 피어난다는 것을 알게 됐다. 그녀는 나에게 이렇게 말했다.

"선생님, 이제 살 수 있을 것 같아요. 이제 저 자신을 사랑하며 살아갈 수 있게 됐어요."

그녀는 현재 아주 행복하게, 즐겁게 자신의 삶을 살아가고 있다.

온종일 우울한 생각과 무기력함, 건강에 대한 불안함으로 하루하루 살기가 어려운 수경 씨는 자신의 건강염려증이 심각해서 조금이라도 아프면 병원 투어를 했다. 그리고 인터넷상의 정보란 정보는 다 뒤져서 자신의 증상을 그 병명에 끼워 맞춰 안 좋은 예후를 걱정하며 이러지도 저러지도 못하는 상태로 나를 찾아왔다. 병원에 가면 자신이 예측한 병명을 이야기할까 봐 걱정되고, 병원을 안 가자니 자신의 병이 너무 커져 손쓸 수 없을까 봐 걱정되어 어떻게 할 수가 없다는 것이다. 나는 그녀와 함께 '현존라이프 코칭'을 시작했다. 세션 동안 그녀는 아주 조금씩 자신의 불안을 만나기 시작했다. 그리고 자신의 건강염려증을 바라볼 수 있게 됐다. '호기심의 눈빛과 친절한 가슴으로' 말이다. 그렇게 사랑의 태도로 자신이 그렇게 싫어하던 건강염려증을 깊이 만났다. 그녀는 알게 됐다. 건강염려증을 갖고 있는 내면 아이는 결국 외부의 상처로부터 자신을 지키고 싶어 한 결과라는 것을 말이다. 그녀는 건강염려증을 갖고 있는 내면 아이에게 고마움을 표시했다. 그리고 사랑을 전했다. 이제는 안전하다고 알려줬다. 원한다면 건강염려증을 놓아줘도 된다고 말했다. 오로지 사랑만을 가슴에 품고 따스한 태도로 기다렸다. 그녀는 오랜 시간 자신을 붙들었던 건강염려증을 놓아주고, 자신의 건강을 올바른 시각으로 바라보게 됐다. 결국 우리 자신을 변화시키는 것은 자신의 못마땅하고 불편한 부분을 억압하거나, 외면하고, 질책하는 것이 아닌 그저 있는 그대로 허용하며 사랑으로 안아주는 것뿐이다.

나는 레이키 마스터다. 레이키는 '우주적 생명 에너지'를 뜻한다. 레이키 힐러는 우주의 무한한 생명 에너지인 레이키 에너지의 통로가 된다. 레이키 힐러를 통해 흘러간 레이키 에너지는 레이키를 받는 이들을 치유하고 힐링한다. 아울러 그들의 생명 에너지를 증가시킨다. 레이키 힐러는 그저 통로가 되어 그들에게 온정의 손길을 준다.

오래전 나는 레이키 힐러가 되는 것을 받아들였고, 힐러가 되고, 레이키 마스터가 됐다. 레이키 힐러가 된 후 제일 처음 한 것은 셀프 힐링이었다. 셀프 힐링을 통해 내 안의 불순물들이 제거되는 정화 과정을 거치며, 우주의 무한한 사랑이 나를 감싸는 것을 느꼈다. 그리고 치유와 힐링이 필요한 사람들에게 레이키 힐링을 할 때면, 우주의 무한한 사랑의 에너지가 그들에게 전달되는 것을 경험한다. 그들은 한결같이 이렇게 이야기한다.

"우주의 무한한 사랑을 느꼈어요."
"무한한 사랑이 나를 어루만졌습니다."

아버지가 돌아가시기 며칠 전 아버지에게 레이키 어튜먼트를 해드렸다. 레이키 어튜먼트는 레이키 힐러를 만드는 입문 과정이라고 할 수 있다. 아버지에게 어튜먼트를 해드린 것은 아버지를 레이키 힐러가 되게 하기 위해서가 아니라, 순전히 나의 근원의 메시지, 즉 영감에 따른 결정이었다. 레이키 어튜먼트를 받는 사람은 몸의 에너지 통로들이 열리며, 방해물이 정화된다. 몸과 정서, 그리고 정신적 차원의 방해물들이 정화되는 것이다. 이 지구에서의 삶이 얼마 남지 않은 아버지에게 어튠먼트를 하면서 우주의, 신의 무한한 사랑을 느낄 수 있었다. 아버지의 죽음을 사랑 속에 맞이할 수 있도록 한 신성의 배려와 사랑이었다. 아버지는 병상에 누워 있는 아들에 대한 걱정과 염려가 아닌, 삶을 전적으로 책임지는 하나님(아버지는 독실한 기독교 신자셨다)의 무한한 사랑의 에너지 속에서 죽음으로 향하는 과정과 함께했다. 아버지는 돌아가시기 직전에 빛을 보고 계셨고, 아주 편안하게 죽음을 맞이하셨다.

나는 레이키를 무척이나 사랑한다. 레이키는 사랑이기 때문이다. 오로지 사랑만이 치유하고, 힐링할 수 있다. 심지어는 죽음의 과정까지 사랑 안에서 평화와 고요와 함께하도록 인도한다는 것을 경험했다. 레이키는 정화와 힐링만 하는 것이 아니라 그 무한한 사랑의 에너지가 그들의 고갈된 에너지를 증가시킨다는 것을 여러 레이키 세션을 통해 경험했다.

우리는 더 나아지기 위해, 고통으로부터 회복하기 위해 자신을 몰아붙이지만 그것으로는 치유할 수 없다. 오로지 사랑만이 모든 것을 치유한다.

변화하겠다고 말하는 순간
변화가 시작된다

　삶이 힘들고 어려운 순간에 사람들은 어떤 선택을 할까? 어떤 이들은 '다 그런 거지 뭐'라고 말하며, 자포자기하고 그냥 그대로 살아간다. 또 어떤 이들은 자신의 삶의 힘든 원인이 외부에 있다고 여기며 세상을 향해, 부모를 향해, 가족과 환경을 향해 분노를 표출한다. 반면 또 다른 이들은 지금의 어렵고 힘든 삶의 순간에서 벗어나기 위해 자신을 들여다보고 자기 스스로가 변화하려고 결단한다. 변화를 위해 대단한 무엇인가를 할 필요가 없다. 아주 작은 것을 실행에 옮기는 선언이 필요하다.

　아주 오래전 나의 어머니는 23살의 장성한 둘째 아들을 잃었다. 군대도 다녀왔고, 아르바이트를 하며 대학 진학을 앞두고 있었다. 그런 아들은 햇살이 너무나 밝게 빛나던 평범한 어느 날 갑작스럽게 죽음을 맞이했다. 그것도 우리 집 대문 앞에서 자신이 아르바이트하던 차량에 끼어 즉사했다. 어머니는 울면서 발을 동동 구르며 죽어가는 아들을 속수무책으로 지켜볼 수밖에 없었다. 그렇게 허망하게 아들을 잃어버린 어머니는 몇 날 며칠 식음을 전폐하고 누워 계셨다. 그렇게 한참을 누워 계시다가 어느 순간 마음 깊은 곳에서 살아야겠다는 의지가 생겨났다. 그리고 기력이 하나도 남지 않은 몸을 이끌고 집 근처 공원을 찾았다. 공원 운동장 한 바퀴를 겨우 기다시피 걸었다. 두세 걸음 걷고, 쉬고, 또 두세 걸음 걷고, 쉬고를 반복했다. 그렇게 오랜 시간이 지나서야 집으로 돌아올 수 있었다.

그렇게 걷기를 매일 반복했다. 1개월, 3개월, 6개월, 1년을 하루도 거르지 않고 공원에 나가서 걷고 또 걸었다. 1년이 지나고 어머니는 아버지와 함께 등산을 하기 시작했다. 평일에는 혼자 등산을 가고, 휴일에는 아버지와 함께 등산을 갔다. 어머니는 아버지와 함께 우리나라의 명산은 거의 다 등반했다.

운동이라고는 전혀 하지 않던 어머니였지만, 아들의 죽음 이후 살고자 한 결심이 어머니를 밖으로 나가 걷는 것, 그 작은 행동을 시작하도록 이끌었다. 그로 인해 아주 작은 변화가 시작됐다. 어머니는 걷기를 통해 아들을 잃은 슬픔을 치유했고 건강도 되찾았다.

모든 변화는 마음에서 시작한다. 마음의 선언이 그 시작점이다. 즉, 의도를 내고, 마음을 먹고, 선언을 할 때 비로소 우리 몸은 그것을 향해 움직인다.

2021년, 어느덧 일상에서 체력이 방전되어 힘에 부침이 느껴진 나는 나이를 생각하게 됐다. 내 나이는 40대 중반, 그리고 우리 아이는 4살. 나는 아직 해야 할 일이 많았다. 문득 생각했다. 내가 건강을 좀 더 적극적으로 돌봐야 하는 시기였다. 건강하고 활력 있는 생체 에너지를 가져야겠다고 생각했다. 그러려면 지금과는 다른 무언가를 시작해야 했다.

즉, 변화해야 할 때라는 것을 직감했다.

나는 변화하기 위해 아주 작은 행동 하나를 시작했다. 아침마다 아이 어린이집 등원 후 집 근처 산을 오르는 것이었다. 바로 실행에 옮겼다. 임신 전에 등산했던 것 이후로는 처음 하는 등산이었다. 작은 산이었으나, 오랜만에 등산했기 때문에 숨이 턱까지 차올랐다. 힘들게 첫 등산을 마치자 뿌듯함이 밀려왔다. 그다음 날도, 또 그다음 날도 나는 아침마다 등산했다. 아주 거친 소나기가 내리는 날을 제외하고는 매일 등산했다. 나의 폐활량은 점점 증가했고, 다리 근력도 점점 붙었다. 점차 등산하는 것이 가벼워지기 시작했다. 한 달 동안 등산을 하고 나니 마침 회사에서 다이어트 챌린지 프로모션을 시작하는 것이 아닌가. 나는 이참에 다이어트 챌린지 프로모션에 도전했다. 이제는 등산뿐만 아니라 식단에도 신경을 썼다. 그리고 매일 저녁 15분가량 가벼운 근력 운동까지 더했다. 아주 작은 변화의 행동들이 하나씩 더해졌다. 나의 몸은 점점 더 가벼워졌고, 탄탄한 근력까지 생겨 더 활력이 생겼다. 동네 놀이터에서는 아이들과 함께 뛰어놀 수 있는 체력이 됐다. 나는 하루 15분 근력 운동 시간에 고강도 인터벌 운동까지 시도했다. 체력이 놀랍도록 올라간 것이다. 그리고 6개월쯤 지났을 때는 달리기도 시도했다. 중학교 체육 시간에 달린 이후로는 처음이었다. 공원에서 달리기를 하면서 달리는 즐거움을 맛봤다. 또한 달리기를 해내는 체력에 스스로 감탄했다. 자연스레 체중이 감량된 것은 물론이고, 놀랍도록 활력이 넘쳤다. 처음 등산을 시작했을 때 이렇게까지 변화가 생길 것이라고는 전혀 예상치 못했다. 그러나 아주 작은 결심, 건강해져야겠다는 결심, 그러기 위해 작은 변화를 시도하겠다는 마음에서 시작된 것이다.

변화하기로 마음먹는 것은 아주 단순하다. 그저 마음을 먹으면 되는 것이다. 그러나 대부분 그것을 어려워한다. "도대체 어떻게 마음을 먹어요?"라고 질문한다. 그 질문에 대한 대답은 '그냥 마음을 먹는 것'이다. 그리고 그저 '단순한 무엇인가부터 시작'하는 것이다. 변화하기 위해 너무 많이 고민한다면, 그것은 우리를 옴짝달싹하지 못하게 옭아맨다. 고민을 내려놓고 그저 시작하는 것이다.

하루하루 바쁘게 돌아가는 일과 속에 어느 날 문득 여유가 생겨 집 안을 돌아보니, 집 안이 엉망이다. 쌓여 있는 물건들, 거실에 널브러져 있는 아이 놀잇감, 남편의 발자취를 그대로 읽어낼 수 있는 널브러진 남편의 옷가지, 바빠서 내다 버리지 못한 쓰레기 봉지들…. 정말 어디서부터 손대야 할지 모르는 날이 1년에 한두 번은 꼭 있는 것 같다. 그럴 때 '도대체 어디서부터 어떻게 청소해야 하는 거야?'라면서 화만 내고 있을 것인가? 아니면 자포자기하고 있을 것인가? 그럴 때는 그저 대형 쓰레기봉투 하나를 들고 와서 집 귀퉁이 어디든 상관없이 그곳부터 하나씩 정리하고, 버리면서 청소하기 시작하면 된다. 즉, 청소하기로 마음먹고, 무엇이든 하나부터 시작하는 것이다. 그러면 어느덧 거실이 청소되고, 안방, 서재까지 하나씩 집 안이 깨끗해지는 것을 보게 된다. 마찬가지로 내 삶이 이것저것 뒤엉켜 복잡하고 답답할 때 그저 청소하기로 마음먹고, 즉 변화하기로 마음먹고 작은 것부터 시도하는 것이다.

10여 년 전, 내 삶은 도저히 손쓸 수 없을 정도로 엉망이 되어 있었다. 잠을 거의 잘 수 없을 정도로 일이 많았고, 사회적 약자로서 피해를 입어가면서도 도망갈 수 없이 인간관계의 그물에 갇혀 버렸다. 나의 육체적 건강은 땅으로 곤두박질쳤고, 정신은 점점 피폐해져갔다. 나는 이대로 살 수 없었다. 살고 싶었다. 살기 위해서는 변화가 필요했다. 그래서 변화하기로 마음먹었다. 그러나 무엇부터 변화해야 하는지 알 수 없었다. 그래서 가장 먼저 일의 규모를 축소하기로 결단하고, 운영하던 사무실을 폐업했다. 최소한의 생계를 유지할 정도의 일만 했다. 그리고 일단 걸었다. 동네를 산책하고, 더 나아가서는 집 가까이에 있는 작은 산을 오르기 시작했다. 스스로를 돌보기 위한 시간을 갖기 위해서였다. 그런 시간을 갖게 되니, 내면을 들여다볼 수 있는 교육 과정까지 등록하게됐다. 혼자서 제주도 올레길 여행도 주기적으로 가면서, 세상을 향해 나를 맞추던 삶에서 벗어나 내 자신을 들여다보며, 스스로를 돌보고 존중하는 삶으로 서서히 변화하기 시작했다.

오랜만에 다시 요가를 시작하고, 인도를 다녀오고, 명상을 했다. 나의 삶은 예전과는 점점 거리가 멀어졌다. 전혀 다른 방향으로 삶이 흘러가기 시작했다. 그렇게 바뀐 삶의 궤도 속에서 현재 한 가정의 아내이자엄마의 삶을 살고 있다. 또한 레이키 힐러로서 사람들을 힐링하고 치유하고 있다. 현존라이프 코치로서 한 개인이 자신의 과거를 놓아버리고, 의식적 깨어남으로, 사랑으로 살아가도록 돕고 있다. <현존라이프TV>라는 유튜브 채널도 개설해서 사람들의 영성 공부를 돕고 있기도 하다.

삶을 변화시키고 싶은가? 그렇다면 '변화하기로 선언하라' 그리고 아주 작은 무엇인가를 시작하라. 그것으로 충분하다. 그러면 변화는 시작된다. 그러면 그 흐름을 따라 어느덧 삶은 다른 방향으로 흐를 것이다.

내가 대접받고 싶은 대로
남을 대접하라

   우리는 진정 자신의 꽃을 피우고 있는가? 진정한 자기 자신으로서 삶을 살아가고 있는가?

   우리는 흔히 자신의 의지대로 살고 있다고 생각한다. 그러나 실상은 그렇지 않다. 러시아의 신비가 구르지예프는 '인간 기계'라고 표현했다. 즉, 자신의 의지를 가지고 의식적으로 행위하는 것이 아닌, 프로그램화된 대로 움직이는 기계라는 말이다. 영적 교사 중 한 사람인 U.G 크리슈나무르티(Krishnamurti)도 인간이 깨어났을 때 비로소 '처음으로 인간이 된다'라고 표현했다. 우리는 자신이 기계적이라는 것을 깨닫는 순간, 진정한 자기 자신이 되려는 노력을 시도한다. 즉, 자기 자신의 꽃을 피우기를 소망한다.

   우리가 진정한 자신의 본성을 깨닫고, 자기 자신이라는 고유한 꽃을 통해 본성의 빛을 세상에 드러내는 삶을 살아가기 위해서는 어떻게 해야 할까?

나의 내적 작업이 무르익어 가면서, 내면에서는 저절로 이러한 질문이 올라왔고, 그에 대한 내적 안내가 주어졌다. 그것은 바로 깨어 있는 인간의 삶의 본보기가 되어준 4대 성인의 가르침을 따라 살아가는 것이다.

나는 어릴 적부터 예수님을 열렬히 사랑했다. 얼마나 간절했으면 예수님을 만나기 위해 단식기도까지 했겠는가? 중학생 때 예수님을 만나기 위해 단식기도를 했다. 단식기도 중 환한 빛과 함께 예수님이 모습을 나타내셨다. 이 이야기를 들으면 누군가는 환상이라고 할지도 모르겠다. 그러나 조금이라도 기도나 명상을 깊게 해본 이들은 알 것이다. 이런 일들은 충분히 일어날 수 있다는 것을. 환한 빛과 함께 나타나신 예수님은 형언할 수 없는 사랑을 강렬하게 내뿜고 계셨다. 그리고 말 너머의 무언가로 나에게 말씀하셨다. 그 이후로 나의 가슴에는 예수님이 깊게 자리 잡았다. 나는 모든 삶을 통해 예수님의 가르침을 따라 살아가려고 매 순간 노력하고 있다. 예수님께서 가르쳐주신 가르침을 간단하게 요약하면 무엇일까? 마가복음에 다음과 같은 구절이 있다.

"서기관 중 한 사람이 그들이 변론하는 것을 듣고 예수께서 잘 대답하신 줄을 알고 나아와 묻되 모든 계명 중에 첫째가 무엇이니이까. 예수께서 대답하시되 첫째는 이것이니, '이스라엘아 들으라. 주 곧 우리 하나님은 유일한 주시라. 네 마음을 다하고 목숨을 다하고 뜻을 다하고 힘을 다하여 주 너의 하나님을 사랑하라' 하신 것이요. 둘째는 이것이니 '네 이웃을 네 자신과 같이 사랑하라 하신 것이라' 이보다 더 큰 계명이 없느니라." (마가복음 12장 28~31절)

우리가 참다운 인간의 꽃을 피워내기 위해 첫 번째로 해야 할 것은 내 안에 있는 나의 하나님(하느님)을 사랑하는 것이다. 즉, 자신의 무지와 아집을 내려놓고, 내 안의 참나가 환하게 드러나도록 하는 것이다. 늘 깨어 현존하며, 참나의 뜻을 따라 살아가는 것이다. 그리고 두 번째로 '이웃을 내 몸과 같이 사랑'하는 것이다. 내 이웃을 내 몸과 같이 사랑하는 것은 어떻게 해야 할까? 매우 쉬워 보이지만 그리 쉬운 일이 아니다. 그러나 단순하다.

세계적인 영적 스승 데이비드 호킨스 박사는 "모든 존재들에게 친절하세요"라고 했다. 얼마 전 아이의 치과 검진을 위해 가까운 도심으로 나갔다. 씩씩하게 치과 검진을 끝낸 딸아이를 위해 저녁을 먹으러 햄버거 가게에 들렀다. 때마침 저녁 시간이어서 주문하려는 사람들이 줄 지어 서 있었다. 배달 기사님들이 바쁘게 오가고 있었으며, 전화는 계속 울렸다. 주문을 받는 점원의 얼굴에는 힘듦이 역력히 보였다. 드디어 내가 주문할 차례다. 나는 아이가 먹고 싶어 하는 햄버거 세트를 주문하면서 세트 안의 콜라를 다른 음료로 바꿔줄 수 있는지를 물었다. 이전에는 약간의 돈을 더 지불하고 종종 그렇게 주문했기 때문이다. 그런데 점원은 그렇게는 주문이 안 된다고 했다. 그 이유는 자기가 지금은 포스에 익숙하지 않고, 또한 주문이 너무 많아서 그것을 차근차근 들여다볼 수가 없다는 것이었다. 그럴 경우 나는 필요한 것을 단품으로 하나씩 주문해야 했고, 세트로 주문하는 것보다 금액을 더 지불해야 했다.

나는 그 점원의 이야기를 그냥 받아들이기로 했다. 지금 이 순간의 진실을 받아들였다. 그 어떤 불만의 표정도 없이, 그저 바쁜 점원을 친절하게 바라봤다. 정신없이 왔다 갔다 하는 점원을 충분히 기다렸다. 바쁜 점원의 일이 조금 진정된 후 "그렇다면, 단품으로 하나씩 주문할게요"

라고 말하며, 우리가 먹을 햄버거, 감자튀김, 그리고 음료를 주문했다. 한참을 기다린 후 주문 픽업 벨이 울려 주문한 음식을 받아오려고 보니 빨대가 빠져 있었다. 나는 아이가 먹을 것이어서 "빨대를 받을 수 있을까요?"라고 물었다. 점원은 역시나 "매장 내에서는 빨대가 지급되지 않습니다"라고 딱 잘라 말했다.

나는 그 말을 그저 편안하게 받아들였다. 그 어떤 불평도 하지 않았고, 그저 친절한 눈빛과 평온한 얼굴로 알겠다고 말하고 자리로 돌아왔다. 지금의 현실은 지금 펼쳐지는 그대로 더할 나위 없이 완벽한 순간이기 때문이다. 나는 빨대를 찾는 아이의 눈을 바라보며 말했다.

"여기 가게 안에서 음식을 먹을 때는 빨대를 사용할 수가 없대. 어쩔 수 없지만, 조심히 잘 마셔보자."

그것을 본 점원이 빨대 하나를 들고 나에게 왔다.

"여기, 종이 빨대 있어요. 원래는 안 되는데, 아이가 먹을 거라…. 이거 쓰세요."

이렇게 말하며 미소를 지어 보이는 것이 아닌가.

내가 세상을 향해 보내는 에너지는 나에게 돌아오기 마련이다. 나는 현존하며 온전히 그녀의 모습 그대로를 인정했다. 그리고 그녀의 어려움을 이해했다. 기꺼이 내가 감수할 만한 것을 받아들였다. 친절한 눈빛으로 그녀를 바라봤고, 부드러운 말투로 그녀에게 말을 건넸다. 따스한 태도로 그녀의 거절을 수용했다. 지금의 모든 상황을 그저 사랑으로 받아들였다. 이것이 내가 그녀를 향한 친절이며, 이웃을 내 몸과 같이 사랑한 순간이다.

몇 달 전, 주일 학교 시절부터 함께 자라온 오랜 친구 영미를 만났다. 우리는 대학 졸업 후 서로 멀리 떨어져 있다가, 동기들의 큰 행사가 있을 때 한 번씩 만났다. 그러다 내가 그 친구가 살고 있는 포항에 내려갈 일이 생겨 오랜만에 만난 것이다.

세월이 지났어도 어린 시절 친구와의 대화는 우리를 금방 과거로 데려다 놓았다. 서로의 근황 이야기를 나누다 보니 각자 부모님의 이야기로 이어졌다.

"우리 엄마가 교회 일을 하실 때 이런저런 말들로 판단이 안 설 때는 오 집사님께 가면 중심을 가지고 판단을 해주셨다고 하시더라. 너희 아버지는 그렇게 마음에 중심이 딱 잡힌 분이셨지."

교회 집사님들뿐만 아니라 나의 친구들도 우리 아버지를 매우 존경했다. 또한, 나의 남편과 남편의 친구들마저도 우리 아버지를 교회에서 가장 존경하는 분이라고 꼽았다.

'내가 대접받고 싶은 대로 남을 대접하라' 우리 아버지에게 딱 들어맞는 말이다. 나는 아버지의 죽음을 통해서 한 사람이 평생 동안 흘려보낸 에너지가 어떻게 되돌아오는지를 생생하게 지켜봤다.

아버지는 내가 매우 존경하는 분이다. 평생을 이타적인 사랑의 마음으로 봉사와 헌신의 삶을 사셨다. 아버지는 할머니뿐 아니라, 아버지의 형제들, 형제들의 가족 모두를 자신의 살과 피처럼 대하셨다. 어릴 적 할머니로부터 아버지가 어떻게 부모님과 형제들을 챙기셨는지 종종 들었다. 아버지는 어린아이일 때부터 추운 겨울 부모님과 형제들이 추위에 떨까 봐 새벽 일찍 일어나 산에서 땔감을 지게 한가득 주워 아궁이 앞에 가져다 놓으셨다고 했다. 뿐만 아니라 장남이 아님에도 동생들이 스스로 경제적 독립을 할 수 있도록 키우고, 돌보셨다고 하셨다. 할머니에 대한 아버지의 사랑은 정말 지극했다. 그래서일까? 어릴 적 나의 기억에 할머니는 작고 좁은 우리 집에 잠시 머물 때 너무나 행복해하셨다. 아버지는 '왼손이 한 것을 오른손이 모르게 하라'를 실천하셨던 분이었다. 한 번도 자신이 도운 일을 자신의 입으로 자랑하지 않으셨다.

아버지는 독실한 기독교 신앙인이셨다. 하나님에 대한 신실한 사랑으로 가득 찬 분이셨다. 매사에 기도하셨고, 매일 찬송과 말씀으로 내면을 채우셨다. 아버지가 가장 좋아하신 《성경》은 욥기, 아가서, 시편이다. 이 《성경》들은 하나님에 대한 사랑과 사랑의 노래로 가득하다. 아버지는 어떤 어려운 일이 닥쳐도 불평하지 않으셨다. 그리고 하나님께 무릎을 꿇으며 이렇게 기도했다.

'아버지께서 지혜를 주실 줄 믿습니다. 저는 아버지의 뜻을 알지 못하오니, 아버지 뜻대로 하옵소서.'

아버지가 돌아가시기 직전 교회 목사님께서 병문안을 오셔서 말씀하셨다.

"오 집사님께서는 제가 매우 존경하는 분이십니다. 누구의 편에 서지도, 누구를 비난하지도 않고 오로지 하나님의 말씀과 양심을 중심에 두고, 교회 일을 처리하신 분이셔서 제가 매우 의지했습니다."

아버지는 나에게 자녀를 신뢰하는 것이 무엇인지 보여주셨다. 내가 어떤 결정을 내리든 믿어주셨다. 내 의견과 결정을 존중해주셨다. 그리고 아버지가 모르는 새로운 정보를 이야기하면, 배우는 자세로 들으시며 잘 모르고 있었던 것을 다른 관점으로 이야기해줘서 고맙다고 말씀해주셨다. 아버지는 진정으로 다른 사람을 어떻게 대해야 하는지를 잘 알고 계신 분이셨다. 이러한 아버지의 황금률의 실천은 아버지가 돌아가시고 난 후에 그 빛이 드러났다.

아버지께서 돌아가신 후 나는 쇠약해진 어머니와 뇌출혈로 쓰러진 동생을 데리고 아버지의 장례를 치러야 했다. 혼자서는 감당하기 버거운 상황이었다. 그때, 작은아버지들께서 "당연히 우리가 상주복을 입어야지"라며 기꺼이 상주복을 입고 장례 자리를 지켜주셨다. 또한, 작은어머니들께서도 내가 혼자서 힘들까 봐 각자 할 일을 맡아서 해주셨다. 친척 동생들도 일손을 거들었다. 덕분에 장례 절차에 신경 쓰지 않고 오롯이 찾아오는 손님들을 맞이할 수 있었다. 아버지께서 몸담으셨던 교회에서도 많은 분들이 찾아오셔서 진심으로 아버지를 그리워하고, 우리 가족에 대한 마음을 아낌없이 나눠주고 가셨다. 아버지의 장례식은 사랑과 위로로 가득했다.

내가 대접받고 싶은 대로 남을 대접하는 것. 이것이 진정한 사랑의 실천이다. 그리고 내가 세상에 흘려보낸 에너지는 결국 되돌아온다.

부정적인 말을 바꾸는 것만으로도
인생을 변화시킬 수 있다

"당신은 오늘 아침 눈을 뜨고, 어떤 말로 하루를 시작했나요? 오늘 하루 어떤 말을 가장 많이 했나요? 잠자기 전에는 어떤 말을 하고 잠에 들었나요? 내가 하루 종일 자주 했던 말을 기억하나요? 자신이 하는 말을 깨어서 했나요?"

이 질문을 들었을 때, 아마 답변이 잘 생각나지 않을 것이다. 우리는 대부분 '무의식적'으로 말을 한다. 그리고 그 말을 잘 기억하지 못한다. 그런데 우리가 간과한 아주 중요한 비밀이 하나 있다. 그것은 바로 내가 하는 말이 곧 나의 삶을 대변한다는 사실이다. 하루 중 대부분을 불평, 불만, 부정적인 말을 하는 사람이 있다. 그 사람은 아마도 그날 하루 종일 불쾌하고, 기분 나쁘며, 자신에게 안 좋은 일들만 일어난다고 생각할 것이다. 그러나 하루 중 대부분을 감사, 기쁨, 긍정적인 말을 하는 사람이 있다면, 그 사람의 하루는 기쁘고, 즐겁고, 좋은 일들이 일어나는 하루로 느낄 것이다. 당신은 주로 어떤 말을 하는가?

'생각이 나의 현실을 창조한다'라는 말을 많이 들어봤을 것이다. 그런데 우리가 하는 대부분의 생각은 잠재의식에서 올라오는 무의식적인 생각들이다. 그 생각들은 나의 무의식적인 말 그대로 나의 입을 통해 세상에 흘러간다. 나는 무심코 어떤 말을 내뱉고 있는가?

잠재의식에 심어진 무의식적인 생각, 인상들을 바꾸려면 어떻게 해야 할까? 지금 당장 실행할 수 있는 간단한 방법이 있다. 그것은 바로 무심코 내뱉는 나의 말을 알아차리고, 내가 살고 싶은 세상의 언어를 '의식적'으로 하는 것이다.

몇 년 전부터 '양자의학'과 '우성유전학'에 대해 관심을 갖고 있었는데, 그러던 차에 《당신의 주인은 DNA 가 아니다》의 저자인 브루스 립튼(Bruce Lipton) 박사의 영상과 책을 보게 됐다. 립튼 박사는 과학과 영성을 결합한 분야인 신생물학을 이끌어가는 과학영성학자다.

그의 연구에 따르면, 유전자와 DNA가 우리의 생물학적 성질을 지배하는 것이 아니라, 오히려 DNA는 우리의 긍정적이거나 부정적인 생각으로부터 방출되는 에너지, 즉 세포 밖으로부터 들려오는 신호의 지배를 받는다. 그러므로 우리의 사고 과정을 바꾸면, 우리의 몸도 바꿀 수 있다고 밝혔다.

여기서 하나 더 짚고 가자면, 우리의 생각이 단순히 나 자신의 몸을 바꾸는 데만 영향을 미치는 것은 아니라는 점이다. 인간뿐 아니라 실제하는 생물과 무생물은 모두 서로 영향을 주고받는 에너지의 관계 속에 있다.

브루스 립튼(Bruce Lipton) 박사는 자신의 연구를 통해 그것을 밝혀냈다. 굳이 연구를 통해 밝히지 않아도 조금만 눈을 크게 뜨고 보면 우리의 삶에서 이와 같은 에너지 전달을 경험하고 있다는 것을 알 수 있다. 어느 날 내 앞에 앉아 있는 남편이 갑자기 짜증을 내기 시작하면, 나도 같이 짜증나기 시작한다. 또한, 어느 날 너무나 보고 싶은 사람을 떠올리면 갑자기 그 사람으로부터 '당신 생각이 났다'며 전화가 걸려오기도 한다. 우리는 단지 남편이 짜증을 내고, 그것에 영향을 받은 내가 함께 짜증을 내는 것에 대해 알아보지 못하고, 그저 남편의 짜증만 보며 화를 낸다. 혹은 상대방으로부터 걸려오는 기분 좋은 전화를 받을 때 그저 '우연의 일치'라며 그냥 넘겨버리기도 한다. 그러나 이것은 중요한 '삶의 비밀'이다.

10년 전쯤, 열흘간 명상 센터에서 집중 명상을 했다. 먹는 것과 자는 것도 잊은 채 오로지 명상에 집중했다. 하루는 오전 명상을 마치고 쉬는 시간이 됐는데도 명상에서 나올 수가 없었다. 그래서 다른 수련생들이 모두 자리를 뜬 이후에도 자리에 꼼짝하지 않고, 계속 명상을 이어갔다. 그렇게 한참 명상을 한 후 한량없는 평화와 고요가 감도는 가운데, 자리에서 서서히 일어나 명상 홀 뒤뜰로 산책을 나갔다. 한 걸음 한 걸음 평화와 고요의 진동 가운데 머물며 걸어가던 중 갑자기 아주 작은 파동이 저 멀리서 전달되어져 오는 것이 아닌가. 그 파동은 두려움과 슬픔의 파동이었다. 그리고 눈을 들어보니 저 멀리 앞에서 한 여인이 걸어온다. 그 여인과 내가 가까워질수록 그 파동은 점점 더 세게 내게 밀려 들어왔다. 그녀와 내가 교차되어 지나가는 지점에서는 몸에 있는 온 털이 곤두서는 것과 같은 두려움과 슬픔의 파동이 나를 덮치고 관통했다. 그리고 그녀와 나의 거리가 멀어지면서 점차 그 파동은 잦아들었다. 나는 이 모든 파동의 전달 과정을 지켜보고 있었다. 그러면서 어떻게 서로 간의 에너지 파동이 전달되는지를 여실히 깨달았다.

당시 나는 지극한 평화와 고요 속에 머물며 깨어서 에너지 파동이 영향을 미치는 과정을 지켜봤지만, 만약 평상시에 이와 같은 상황에 맞닥뜨리고 깨어 있지 않았다면, 아마도 상대가 내뿜는 두려움과 슬픔의 파동이 나에게 전달됐을 때, 그것에 반응했을지도 모르겠다. 그 에너지 전달에 대한 반응은 아주 무의식적으로 재빠르게 일어났을 것이다. 그렇게 내가 세상으로 보내는 에너지는 다시 나에게로 되돌아온다는 것을 알 수 있었다. 그렇게 나는 세상을 경험하게 되는 것이다. 그리고 그러한 경험이 일관된다면, 나의 세상은 '풍요롭다'거나 혹은 '불공평하다'거나 '힘들고 어렵다'와 같은 인생이 되는 것이다.

내가 내뿜는 에너지를 지켜보면, 그것은 나의 '생각'과 '감정'으로 이루어져 있다는 것을 알 수 있다. 사실 이 우주 전체는 '에너지'다. 나와 나를 둘러싼 현실 세계를 구성하는 가장 작은 입자가 '원자'라는 것은 이제 누구나 다 아는 사실이다. 그런데 그 원자는 물리적 구조가 없다는 사실을 아는가? 양자물리학자들은 원자가 끊임없이 회전하고 진동하는 에너지의 소용돌이로 되어 있다는 것을 알아냈다. 원자는 눈에 보이는 어떤 물질이 아니라 보이지 않는 에너지라는 것이다. 즉, 이 현실 세계는 모두 '에너지'다. 우리의 몸뿐만 아니라, 생각과 감정으로 구성된 마음 또한 '에너지'다. 우리의 에너지는 서로 맞물려 진동한다.

그렇다. 나의 현실을 바꾸고 싶은가? 그렇다면, 내 안에서 밖으로 보내는 에너지의 진동값을 바꾸면 된다. 더 쉽게 말해서 내 안의 생각과 감정을 달리 하면 되는 것이다.

브루스 립튼 박사는 자신의 강의 시간에 '사랑 속에 살고 있어요'라는 신념을 보게 하는 플라스틱으로 된 빨간색 필터와 '나는 두려움 속에 살고 있어요'라는 신념을 보게 하는 녹색 필터를 청중들에게 쓰게 하면서, 각각의 필터에 따라 각기 다른 광경을 보는 것을 경험하도록 한다. 그리고 자신의 필터를 선택할 수 있다는 것을 알려준다. 즉, 우리는 두려움의 삶을 살 수도 있으며 선택은 자신의 몫임을 강조한다.

나에게 코칭을 받는 사람들에게 나는 자신의 신념의 패러독스를 발견하게 한다. 그리고 자신이 주로 선택한 신념들을 발견하도록 한다. 그 과정 속에서 자신이 자신의 삶을 지배하는 '신념', 즉 생각을 선택할 수 있는 '선택권'이 있음을 알게 된다. '생각의 선택권'이 있음을 알게 되면, 그 즉시 그들의 얼굴은 빛이 나며, 무엇인가로부터 해방된 미소를 짓는다.

내가 선택하고 믿는 생각이 우리의 인체에 미치는 영향을 오래전부터 익히 경험하고 있었다. 아주 오래전, 아마 20년도 더 전의 나의 첫 직업은 간호사였다. 당시 나는 환자들의 통증 감소를 위해 '플라시보 드럭'을 자주 사용했다. 즉, '위약 효과'라는 것이다.

간호사로 근무하던 어느 날, 나의 담당 환자인 영순 할머니가 "속이 너무 답답하고, 꽉 막혀서 체한 것 같다"라고 호소했다. 당시 할머니의 의학적 소견에서는 속이 답답할 이유가 없었으며, 수액을 달고 금식 상태였기 때문에, 체할 이유가 없었다. 처음에는 소화시키는 주사를 놨으나, 이내 얼마 가지 않아 같은 증상을 계속 호소했다. '플라시보 드럭' 처방과 함께 나는 생리식염수를 할머니께 주사하며, '처음보다 더 센,

아주 강력한 소화제'라고 알려드렸다. 그 후 할머니는 "속이 싹 내려갔다"면서 환하게 웃으며 고맙다고 하셨다. 할머니는 생리식염수를 '아주 센 약'이라고 믿으셨고, 그 믿음으로 인해 신체 증상이 없어졌다. 자신이 믿는 대로 우리의 신체는 반응한다. 즉, 우리가 어떤 생각을 선택하고 그 선택을 믿느냐는 우리 인생에 매우 중요한 열쇠다.

인도의 위대한 영혼인 마하트마 간디(Mahatma Gandhi)의 유명한 말이 있다.

"믿음은 생각이 되고, 생각은 말이 되고, 말은 행동이 되고, 행동은 습관이 되고, 습관은 가치가 되고, 가치는 인간이 된다."

다시 처음으로 돌아가서 우리 안의 반복적인 무의식적 생각을 바꾸기 위해서는 우리가 습관적으로 하는 말을 '의식적'으로 바꿔보자. 이는 우리 집 앞의 정원에 자리 잡고 있는 잡초를 뽑아내고, 내가 심고 싶은 '백일홍'을 심는 것과 같다. 내가 '백일홍' 꽃밭을 보고 싶다면, '백일홍'을 심어야 한다. 그리고 잡초를 알아차리고 그 잡초를 뽑아버리는 것은 '무의식 정화', '감정 정화'와 같은 내면 정화를 하는 것이다. 아주 쉬운 내면 정화로는 '호오포노포노'의 정화방법이 있다. 이는 아주 간단하다. 일상에서 마음의 잡초를 발견할 때마다 '미안합니다. 용서하세요. 고맙습니다. 사랑합니다' 이 네 마디 말을 하는 것이다.

그리고 만약 내가 풍요로운 삶을 원한다면, '돈이 없어 힘들다', '왜 이렇게 나에게는 기회가 안 오지?', '해봤자야', '그럴 리가 없어' 등과 같은 부정적인 말을 인식하고 놓아버리자. 그리고 '감사합니다', '해볼까?'와 같은 긍정적인 말을 의식적으로 사용해보자. 아마 조금씩 자신의 인생이 변화하는 것을 느낄 수 있을 것이다.

이렇게 만난 당신, 고맙습니다. 축복합니다. 사랑합니다.

자신을 치유하고
자유로운 인생을 살라

"당신은 자유로운가요?"라는 질문을 듣는다면 망설이지 않고 "네"라고 말할 수 있는 사람이 얼마나 있을까? 아마 대부분의 사람들은 자신이 자유롭지 못하다는 것조차 인식하지 못하고 살아가거나, 혹은 자유롭지 못하다는 것을 알지만 방법을 알 수 없어 적당히 타협하며 살아가는 이들이 대부분일 것이다. 그러다 삶의 속박과 옥죄임이 극에 달할 때, "더 이상 이렇게 살수 없어!"라고 말하며, 자유롭게 사는 방법을 찾으려 할 것이다.

어떤 이들은 자유롭지 못한 원인이 돈에 있다고 여겨, 돈을 많이 버는 방법을 찾는다. 또 어떤 이들은 자신이 자유롭지 못한 이유가 직장에 있다고 여기며, 직장을 그만두고 훌쩍 세계 여행을 떠난다. 이러한 선택과 방법이 잘못됐다고 말하는 것이 아니다. 그러나 어떤 조건에 의해서 자유롭다고 느낀다면 그러한 조건이 사라지는 순간, 자유 또한 사라지게 된다. 조건과 상관없이 진정으로 자유로운 삶은 없는 것일까?

나는 늘 자유롭고 싶었다. 마음 한구석에는 항상 자유가 속박된 듯한 느낌이 있었다. 그래서일까? 어릴 적부터 성인에 이르기까지 반복적으로 꾸는 꿈이 있었다. 그것은 하늘을 나는 꿈이었다. 꿈에서 하늘을 날다가 갑자기 두려움과 함께 추락하며 여지없이 잠에서 깼다. 나의 삶에서 계속 반복되는 꿈이었다.

꿈에서뿐만 아니라, 현실에서도 나는 어느 날 추락했다. 진정 자유롭고 싶었다. 나는 의문을 가졌고 의문에 대한 해답의 방향을 찾은 것 같았다. '자유'라는 것은 외부적인 조건에 의해 결정지어지는 것이 아닌, 나의 내부의 문제가 아닐까? 진정한 자유는 내가 '느끼는 것'이었다. 그렇다면 자유를 찾기 위한 여정을 외부에서 찾는 것이 아니라, 나의 내면에서 찾아야겠다고 결심했다. 즉, 나 자신을 들여다보기로 한 것이다.
나 자신을 들여다보기 시작하면서 충격을 받았다. 내 안은 온통 상처투성이었다. 분노, 화, 수치심, 외로움, 절망, 무기력, 좌절, 고통, 자기 비난, 자기 폭력 등으로 인한 상처로 아파하고 있었다. 그동안 아파하는 자신을 회피하고 억누르고 있었다는 것을 알게 됐고, 그로 인해 나의 상처는 더욱 깊어져 곪아 터져버렸다는 것을 깨달았다. 그렇다면 내가 할 수 있는 것은 이제 나의 아픔을 외면하지 않는 것이었다. 나는 나의 아픔을 마주하고 하나씩, 하나씩 그 상처를 치유해나가기로 했다.

치유 여정의 첫 번째는 지친 몸을 돌보는 것이었다. 몸과 마음은 연결되어 있다. 일차적으로 우리 몸을 돌보는 것을 통해, '나를 돌보는 여정'을 시작할 수 있다. 나는 오랫동안 몸을 혹사하며 살아왔다. 건강한 식단은커녕 불규칙적인 식사와 과도한 스트레스, 수면 부족과 같은 생활

습관 속에서 살아왔다. 그렇게 점점 몸과의 연결성을 잃어버렸다.

나는 지치고 망가진 몸을 회복하기 위해 다양한 시도를 했다. 우선 먹거리를 바꿨다. 건강한 식단으로 바꾸고 규칙적인 식사와 더불어 몸이 원하는 신호를 들으며 식사했다. 자연 속에서 치유받기 위해 등산과 걷기 여행을 다녔다. 느릿느릿한 여유가 있음을 몸에게 들려줬다.

다시 요가를 시작했다. 그저 운동으로 했던 요가는 몸과 마음의 소통이 일어나는 수행이 됐다. 점차 몸의 세포들이 깨어나기 시작했다. 몸의 에너지체가 활성화되기 시작하면서 나는 조금씩 달라져가고 있었다. 내면의 용기가 다시 일으켜지고, 눈을 가리고 있던 장막들이 서서히 걷히면서 지혜의 문이 점차 열리는 듯했다. 그렇게 나는 치유의 다음 단계로 나아가고 있었다.

그다음 여정은 '가슴 열기'였다. 그동안 고통 속에 있었던 것은 나의 가슴을 닫아버렸기 때문이라는 것을 알게 됐다. 이제 나의 가슴을 활짝 열어젖히기로 마음먹었다. 삶에서 나에게 무엇이 찾아오든 나는 나의 가슴을 활짝 열고, 내 안의 것들을 모두 환영하고 들여다볼 작정이었다. 그리고 마치 판도라의 상자를 열듯, 내 안에 갇혀 있던 것들을 마주하고, 허용하고 자유를 줌으로써 정화되고 치유되는 과정을 선택했다. 물론 쉽지 않은 여정이었다. 내 안에 갇혀 있던, 불안, 두려움, 수치심, 분노, 무기력, 좌절, 비난, 비판, 의심, 교만, 기만과 같은 것들을 만날 때마다 그것을 만나는 것이 불편하고 싫어서 억압하고, 외면하는 등 그동안의 반복적인 패턴이 다시 모습을 드러내며, 아주 순식간에 나의 진실을 외면하고, 가슴을 닫아버리기도 했다. 그러나 다행인 것은 가슴을 닫은 것을 알아차린 순간, 나는 다시 용기를 내어 가슴을 열었다. 다른 이들에게 내가 어떻게 비춰질지는 문제되지 않았다. 중요한 것은 나의 가슴을 열고 '나에게 정직한가?', '진정 나에게 진실한가?' 하는 것만 바라보기로 했다. 그것이 나의 가장 중요한 기준점이 됐다. 어떤 순간에도 자기 정직성과 자기 진실성을 잃어버리지 않으리라 다짐했다.

영성 워크숍에 참여했을 때였다. 워크숍에서 나는 워크숍 교사에게 고백 같은 질문을 했다.

"내가 작업을 하면서 알아차린 것이 있습니다. 그런데 이내 내 마음은 그 알아차려진 내 마음에 대해 끊임없이 의심합니다. 그래서 그 의심으로 나는 너무 괴롭고, 무엇이 진실인지 헷갈립니다."

그 정도로 철저히 나 자신에게 진실하기를 원했다. 그러한 내적 의심까지 모두 받아들이고 허용하는 과정을 통해, 나는 자기 비판과 자기 비난을 내려놓을 수 있었고, 어떤 순간에도 스스로에게 진실할 수 있었다.

에니어그램 영성 워크숍 중 어느 한 과정의 일이다. 나는 내면의 부정성들을 작업하고 있었고, 그 밑바닥에 자기 파괴와 타인 파괴의 몸짓을 만났다. 나 스스로를 죽이고자 하는 욕구, 더 나아가 타인들을 죽이고자 하는 욕구 말이다. 그것을 알아차린 순간 당혹스러웠다. 그러나 그것이 나의 진실이지 않은가! 그때도 나는 그것을 가감 없이 드러내고 인정했다. 그러자 파괴의 욕구는 사라지고, 무한한 사랑이 그 자리에 드러났다. 치유의 진실을 깊게 만나는 순간이었다. 가슴을 닫는 순간, 고통 속에 휩싸이게 되지만, 가슴을 활짝 여는 순간, 자유하게 된다. 물론 가슴을 여는 순간 고통을 맞이하게 될 것이다. 그러나 그럼에도 불구하고 고통을 인정하는 자기 진실성을 가지고 허용할 때, 고통이 사라지고 무한한 사랑과 평화가 그 자리를 채운다.

내 안의 진실을 마주하고 그동안 나를 묶어놨던 정신적, 정서적 패턴들을 내려놓고 내 안의 부정성들을 정화해나가면서 나는 그다음 치유 여정에 진입했다. 그것은 바로 나의 본성인 '진정한 나는 누구인가?'를 탐구하는 것이었다.

붓다는 인간들이 고통받는 삼독인 '탐. 진. 치', 즉 탐욕, 분노, 어리석음, 이 세 가지 번뇌가 중생을 해롭게 한다고 했다. 여기서 가장 중요한 어리석음, 즉 진정한 자신을 알지 못하는 어리석음에서 탐욕과 분노가 생겨난다. 진정한 자신을 알게 되면 우리는 탐욕과 분노에서 자유로울 수 있다. 진정한 자신을 아는 것이 진정한 치유다.

'나는 누구인가?' 나는 자아 탐구 작업을 이어갔고, 아주 세밀한 '좋아함과 싫어함'이라는 이원성을 내려놓은 이후에 나 자신의 본성을 깨달을 수 있었다. 아니 정확하게 말하면 나의 무지가 걷히며 본성이 스스로 그 모습을 드러냈다. 그 이후 내 안에는 말로 표현할 수 없는 앎이 찾아왔다. 나의 진정한 모습은 그 어떤 것에도 걸리지 않는 자유이며, 그 무엇에도 영향 받지 않는 평화이며, 모든 것을 품는 사랑이며, 매 순간 새롭게 솟아나는 기쁨과 희열이라는 것을 말이다. 나뉘지 않는 의식이며, 밝게 빛나는 지혜다. 그것에 대한 확고한 앎이 자리 잡았다. 모든 것이 지금 이 순간 내 안에서 태어나고 죽는다는 것을 알게 됐다. 모든 순간이 신선하고 아름다웠다. 지금 이 순간에는 그 어떤 고통이 자리할 수 없었다. 그렇게 내 안에는 용서, 감사, 사랑이라는 묘약의 결정체가 생겨났다. 그것은 치유 약이면서 나의 핵심이기도 했다. 즉, 나 스스로 치유 약을 갖고 있는 것이었다.

이제 나는 나의 치유 과정을 통해 알게 된 경험과 지혜로 타인들의 치유를 돕고 있다. 많은 이들을 상담하고, 레이키 힐링을 하면서 치유에서 가장 중요한 것 하나를 꼽는다면, 단언컨대 '사랑'이다. 진정으로 자신을 사랑하는 것이 자신을 치유하는 것이다. 또한, 자신을 치유하는 과정에서 진정한 자기 사랑이 드러난다. 또한, 자기 사랑을 통해 타인을 사랑하고 타인을 치유할 수 있다.

삶이 고통스럽고 힘이 드는가? 그렇다면 이제껏 해왔던, 자신을 미워하고 자신의 진실을 외면하던 것을 내려놓고, 자신을 사랑하고, 자신에게 진실한 그 사랑의 치유 과정을 시작해보라. 그 과정 자체가 자유로의 나아감이며, 어느 순간 자유로운 인생을 살고 있음을 알게 될 것이다. 자유는 곧 우리의 진정한 속성이며 자연스러운 모습이다.

진정한 자신을 알 때
조건 없는 행복이 시작된다

'나는 누구인가?'

'나는 왜 태어났지?'

'나는 죽어서 어디로 가지?'

'도대체 삶이란 무엇인가?'

'사람은 어떻게 살아야 하는가?'

'신은 무엇인가?'

'신을 알고 싶다.'

'이 세상은 어떻게 만들어진 것일까?'

나는 어린 시절부터 이 질문들을 줄곧 마음에 품어왔다.

나는 기독교 모태신앙이다. 기존의 종교 가르침 안에서는 질문에 대한 답을 들을 수가 없었다. "과연 사람은 죽어서 어디로 가는가?"라는 질문에 내가 주로 들었던 대답은 "하나님을 믿는 이들은 죽어서 천국을 가는 거야"였다.

과연 그런가? 그렇다면 천국은 어디에 있는가? 하나님은 과연 어디에 있는가? 진정으로 알고 싶었다. 어릴 적부터 나는 직감적으로 느끼고 있었다. 하나님(신)은 나의 숨결보다도 더 가까이 있다는 것을. 내가 숨을 쉴 때마다 느껴지는 무엇인가가 있었다. 볼 수도 만질 수도 없었지만, 나는 진정한 '하나님의 정체'를 알고 싶었다. 교회에서는 마치 하나님을 저 높은 하늘 위의 심판자인 것처럼 묘사하지만, 그것은 진실과 거리가 먼 것 같았다.

나는 질문에 대한 답을 찾지 못한 채 성인이 됐다. 풀지 못한 질문에 위로하듯 '내가 왜 태어났는지에 대한 답을 알 수 없다면, 어떻게 살아야 하는지에 대해 스스로 기준을 정하리라'는 생각으로 열심히 살았다. 그렇게 열심히 살면 만족하고, 행복할 수 있을 것이라고 생각했다. 스스로 '사람답게 사는 것은 이런 것일 거야'라는 기준들을 세워가면서 말이다. '누군가에게 본이 되는 사람', '끝없이 노력하고 성장하는 사람', '자신의 꿈을 찾아 꿈을 이루려고 노력하는 사람', '세상에서 가치 있게 쓰이는 사람' 등과 같은 기준 말이다. 그렇게 계속 나를 어디론가 몰아가던 중 지쳐 나가떨어졌다. 잘 사는 것에 대한 기준들을 좇아갈수록 내 마음은 더욱더 공허했고 심신은 지쳐갔다. 끝내 내 몸은 '백기'를 들어버렸다. 나는 실제로 쓰러졌다. 숨조차 쉴 수 없었다. 이대로 죽는구나 싶었다.

벼랑 끝으로 내몰렸을 때서야 비로소 답을 찾지 못한 질문을 떠올렸다. '나는 왜 태어났나?', '나는 누구인가?', '신은 무엇인가?'라는 질문에 대한 답을 찾는 것만이 나의 고통을 끝내는 길이라 여겼다. 나의 남은 생은 여기에 걸기로 결심했다. 그때 내 나이는 34살이었다. 앞으로

70년은 족히 그 답을 찾아 헤매더라도, 혹여 그 답을 찾지 못해 그대로 죽는다고 하더라도 답을 찾는 길에 헌신하기로 마음먹었다.

내가 무엇인가에 헌신하기로 마음먹는다면, 삶은 기꺼이 그 길을 열어 보인다.

진지한 탐구의 길에 삶은 다양한 기회들을 통해 질문에 대한 답을 힐끗 보게 해줬다. 그날도 그랬다. 에니어그램 워크숍 중 하루였다. 그날 나는 아침 일찍 일어나 자리에 앉아서 명상을 했다.

'옴~ 쉬바, 옴~ 쉬바, 옴~ 쉬바.'

그렇게 '쉬바'를 부르며 명상을 했다. 얼마나 했을까? 아침 첫 수업 시작 시간이 다가왔다. 같은 방을 쓰는 동료가 나에게 그만 일어나서 나갈 준비를 하자고 말했다. 나는 눈을 뜨고 자리에서 일어났다. 그런데 일어나자마자 바닥에 머리를 '쿵!' 하고 부딪히며 쓰러졌다. 그 순간 나의 의식은 몸 밖으로 튕겨져 나가 바닥에 쓰러진 나를 바라봤다. 그리고 옆의 동료가 쓰러진 나의 몸을 일으켜 세우는 것도 생생히 지켜보고 있었다. 나의 몸은 동료의 품에 기대어 있었고, 얼마 지나지 않아 어지러움과 함께 나는 몸으로 돌아왔다. 그 이후로 나는 또 한 번 달라졌다. 무엇인가 설명할 수 없는 느낌과 함께 경전의 내용이 더 실제처럼 다가왔다. 그리고 매우 선명하게 관찰되기 시작했고, 마치 관찰자의 위치에 고정된 것 같은 느낌이었다.

나는 창원에 계신 크리슈나다스 님을 찾아갈 때가 됐다고 느꼈다. 스승님이 물었다.

"왜 왔어요?"

"저는 더 깨어나는 것밖에 없습니다. 내가 누군지 알고 싶습니다."

나는 스승님의 발 아래서 베단타를 공부하며 '나는 누구인가?'를 탐구해나갔다.

베단타에서는 사람의 고통을 일으키는 다섯 가지 원인이 있다고 한다. 첫째는, 자기가 누구인지 모르는 것. 둘째는, 에고를 자기 자신과 동일시하는 것. 셋째는, 덧없이 사라지고 실재하지 않는 것들에 대한 집착. 넷째는, 덧없고 실재하지 않는 것들에 대한 두려움에 사로잡히는 것. 다섯째는, 죽음에 대한 두려움이다. 그런데 이 모두는 첫째 원인인 자기가 누군지 모르는 것에 포함된다고 한다.

인도의 위대한 성자 '라마나 마하리쉬'는 그를 찾아온 제자들의 '나는 누구인가?'라는 질문에 다음과 같이 대답했다.

"뼈와 살로 이루어진 이 몸은 내가 아니다. 시각·청각·후각·미각·촉각 등의 5가지 감각기관은 내가 아니다. 말하고, 움직이고, 붙잡고, 배설하고, 생식하는 5가지 운동기관은 내가 아니다. 호흡 등의 다섯 가지 기능을 수행하는 프라나 등의 다섯 가지 기(氣)는 내가 아니다. 생각하는 마음도 내가 아니다. 내면에 잠재되어 있는 무의식도 내가 아니다.

이 모든 것들을 '내가 아니다'라고 부정하고 나면, 그것들을 지켜보는

'순수한 앎'만이 남는다. 그것이 바로 나다."

2014년 8월, 스승님과 함께 인텐시브 삿상에 참여했다. 삿상은 '신심명'을 함께 공부하며 시작됐다. '위대한 도는 어렵지 않습니다. 취하고 버리는 것을 그만두십시오'라는 구절로 신심명이 시작된다. 이 첫 구절을 읽는 순간, 나의 내면 깊은 곳에서 눈물이 쏟아졌다. 펑펑 울고 또 울었다. 스승님께서 나에게 그다음을 읽어보라고 하셨다.

"취하고 버리는 것을 그만두십시오."

겨우 읽어 나갔다. 그 구절을 마음으로 읽는 순간, 침묵 속으로 세상이 사라져버렸다. 그러나 아직 무엇인가 남아 있는 느낌이었다. 그리고 나는 스승님께 "더 공부해야 돼요"라는 말과 함께 눈을 더 뜨라는 가르침을 받았다.

삿상 둘째 날, 아쉬람 마당을 거닐며 신심명의 구절을 떠올렸다. '잃고 얻는 것, 옳고 그른 것, 그 모든 것을 한꺼번에 버리십시오' 그 순간 눈앞에 뭔가가 걷어진 것 같이 환하고 가볍고 순수한 뭔가가 드러났다. '도를 찾는 것을 내려놓으면…'이라는 구절과 함께 언어로는 표현할 수 없는 단순함, 순수, 흐름, 자연스러움이 드러났다. 그리고 노자가 말한 '모든 것을 태어나게 한 검은 그것'이라는 말이 통으로 이해됐다.

나는 스승님께 나아갔다.

"스승님, 제가 오전에 신심명으로 공부를 했습니다. 옳은 것과 그른 것… 그리고 또…"

스승님께서는,

"그래, 그것을 내려놓으면….."

나는 그 말을 이어받았다.

"네, 옳은 것과 그른 것…. 그리고 또 한 가지…. 한꺼번에 내려놓으면
…."

그리고 멈추지 않는 웃음이 터져나왔다. 계속 웃고 또 웃었다. 스승님
께서는 말씀하셨다.

"내려놓으니까 가벼워요? 안 가벼워요?"

"가볍습니다."

"그전에는 좀 무거웠지…."

스승님의 말씀에 나는 "네"라고 대답하며 환하게 웃었다. 그리고 스
승님께서 말씀하셨다.

"그래, 그것이다. 그것이 순수의 얼굴이다. 그것을 잃어버리지 않아야
한다. 그러나 이 삿상이 끝나면 또다시 예전의 경향성이 올라온다. 그
경향성에 빠지지 않으려 부단히 노력하는 것, 그것이 진짜 수행이다."

그러고는 한참을 자애로운 눈빛으로 나를 바라보셨다.

삿상 셋째 날, 스승님은 나의 가슴에 깊이 말씀을 새겨 넣으셨다.

"나를 오점 없이 아주 순수하게 해야 한다. 그래야 그 진리가, 도가 내 안에서 피어날 수 있다. 도를 맛봤다고 끝이 아니다. 그것을 얻었지만 잃은 사람들이 많이 있다. 지키기가 매우 어렵다. 어떤 사람들은 한번 피어나 계속 있는 이들이 있다. 라마나 님 같은 분들이 그러하다. 그래서 계속 나를 정화해야 한다. 더 정화하고 더 순수하게 그리고 다른 이를 위해, 자비, 순수한 봉사와 사랑을 해야 한다."

그렇게 나는 겸손하게, 순수하게, 진실하게 스승님의 가르침을 따랐다.

그해 가을 어느 날, 거실에 앉아 열린 문을 통해 들어오는 가을바람을 쐬고 있었다. 문득 '집에 온 느낌'이 들었다. 내가 나를 알기 위해, 구도의 여행, 깨달음의 여행을 언제 떠났나 싶을 정도였다. 나의 일상은 변함이 없으나 뭔가 달라져 있었다. 그리고 그저 내가 한 번도 떠난 적이 없음을, 내가 늘 여기에 있었음을 아는 느낌이 진하게 밀려왔다.

그날 저녁 시내에서 영화를 보고 집으로 돌아오는 버스를 타려고 잠시 기다리는데, 온 우주가 내 안에 있었다. 버스 정류장 앞 사거리에 지나다니는 차들, 그리고 눈에 보이는 전봇대, 건물, 지나가는 사람들, 더 나아가 이 지구, 태양계 모두 내 안에 있었고 나와 하나였다.

이제 나는 나를 알기 위해, 도를 알기 위해, 현존을 위해 무엇인가를 구하거나 느끼지 않는다. 그저 지금 있는 그대로를 바라보고 그것과 함께 있을 뿐이다. 그렇게 '나'는 사라지고, '나라는 삶의 흐름'만이 남아 있다.

'나는 누구인가?'

그동안 나라고 여겨왔던 모든 것들이 내가 아니다. 나는 그저 그 모든 것들을 태어나게 만든 창조의 근원이다. 나는 태어난 적도, 죽은 적도 없다. 나는 순수 의식, 순수 가능성의 장이다. '나'는 늘 여기에 있다. 시작도 끝도 없다. 내 안에서 우주의 모든 생명이 태어나고 사라진다. 나는 우주의 모든 생명 안에 깃들어 있는 생명 그 자체이며, 거대한 삶의 흐름으로 드러난다. 그리고 삶 그 자체가 행복이며, 사랑이며, 자유다. 행복, 사랑, 자유는 무엇을 통해 얻어지는 것이 아닌, 나라는 본질적 특성이다. 사람들이 '행복'을 찾는 것은 자신을 찾고자 함이다. 행복을 위해 조건을 붙이지 말라. 그저 있는 그대로 진정한 자신으로 있으라. 그러면 조건 없는 행복이 드러날 것이다.

삶의 매 순간을
감사와 사랑으로 살라

나만 행복하기를 바라는 사람이 있을까? 과연 나만 행복할 수 있을까? 그런 일은 있을 수 없다. 우리는 더불어서 함께 살아가고 있기 때문이다. 우리는 근원으로 연결되어 있다. 한 사람이 아프면 우리는 함께 그 아픔을 공유한다. 다만 자신이 모를 뿐이다. 진정으로 연결되어 있음을 아는 사람은 다른 이들의 아픔을 외면할 수 없다. 마찬가지로 한 사람이 감사하면 우주는 그 감사를 공유한다. 진정으로 연결되어 있음을 아는 사람은 나의 감사가 온 우주에 감사를 퍼트린다는 것을 안다.

2014년 가을, 여느 때와 같이 아쉬람에서 스승님의 베단타 가르침을 듣고 있었다. 눈앞에 놓인 액자 속 라마나 님의 얼굴이 눈에 들어왔다. 갑자기 눈앞이 밝고 환하게 빛나면서 소리가 들렸다.

"이제 집에 가라."

"네?" 하고는 다른 사진을 봤다.

"너는 나와 하나다. 이제 집으로 가라. 모두가 브라만이요, 모두가 나요, 모두가 스승이요, 모두가 아쉬람이니 집에 가라. 시장으로 가라. 너의 터전으로 돌아가라!"

매우 단호하고 확고한 목소리였다.

나는 눈앞에 계신 스승님을 바라보며 마음속으로 인사를 드렸다. 그리고 그날이 아쉬람에서의 마지막 날이었다. 집에 돌아와 스승님께 메일을 보냈다. 스승님은 다음과 같은 답장을 주셨다.

"암비까! 내면의 소리를 따라요. 그것이 자연스러우니, 자신의 환경을 따라요. 그분의 얼굴이니, 암비까의 신은 쉬바. 그분은 늘 암비까를 부르고 있습니다. 그분의 음성은 너무 부드러워 아름다운 가슴을 훔칩니다. 행운을…." -크리슈나다스-

나는 가족을 돌보며 만나는 모든 이들을 스승으로 삼았다. 나의 현실을 신의 얼굴로 맞이했다. 나의 가슴은 세상을 향해 더 활짝 열렸다.

'네 이웃을 네 몸과 같이 사랑하라' 예수님의 말씀이 가슴을 적셨다. '널리 사람을 이롭게 하라' 어릴 적 도덕 시간에 배운 홍익인간 정신이 마음에서 되살아났다. 이 두 가지 가르침을 이정표 삼아 보이지 않는 길을 걸어가야 함을 직감했다.

이 두 가지 가르침이 나의 온 존재로 깨우치고 스며들기 위해 더 정진해야 함을 알아차렸다. 그러기 위해서는 끊임없이 이전에 알던 것을 내려놓아야 했다. 나는 아낌없이 내려놓았다. 모름 속으로 더 기꺼이 들어가는 길을 선택했다. 모름 속으로 들어가는 길은 우리를 더 깨어나게 한다. 더 맑은 정신을 가져다준다.

매 순간 모름 속으로 들어가기 위해서는 겸손해져야 한다. 아는 것을 기꺼이 내려놓는 것, 몰랐던 진리를 기꺼이 수용하는 것, 지금 나의 현실을 기꺼이 수용하는 것. 그것이 바로 겸손인 것이다. 겸손하게 삶을 기꺼이 내맡기며, 나의 경향성들을 지속적으로 정화해나갔다. 나의 개인적인 자아뿐 아니라, 더 깊이 자리한 전생에서부터 이어져온 경향성, 더 깊이 자리한 집단 무의식의 경향성 등 모든 것을 정화하는 것을 성실히 해나가는 수밖에 없었다. 그리고 열린 가슴에서 나오는 사랑이 행동하는 사랑으로 발전해야 함을 느꼈다. 사랑을 행동으로 실천할 때마다 자명한 지혜가 그 방향성을 알려줬다.

코로나로 온 나라가 어수선했다. 사람들의 불안과 스트레스, 정신적 힘듦이 느껴졌다. 나는 뭐든지 해야만 했다. 마침 옆집 언니가 동네에 카페를 오픈했다. 나는 그곳에서 '인사이트 힐링토크'라는 세션을 기획했다. '인사이트 힐링토크'에 참여하고자 하는 사람들은 카페에서 자신이 마실 차 한 잔을 주문하면 된다. 그리고 그곳에 모인 이들과 현존으로 깨어 있음에 대해, 자신을 존중하고 사랑하는 것에 대해 이야기를 나눴다. 누군가는 위로를 받았고, 누군가는 통찰을 얻었으며, 누군가는 고통이 해소됐고, 누군가는 인생의 방향을 찾았다. 사회적 거리두기가 더 심해지면서 결국 '인사이트 힐링토크'는 막을 내렸다. 사람이 많을 때도, 사람이 적을 때도, 그리고 더 이상 프로그램을 할 수 없을 때도 매 순간 감사할 따름이었다. 내 앞에 일어난 현실은 늘 그대로 온전하기 때문이다. 몇 명이 올지 기대하지 않았다. 오는 대로 맞이하고, 가는 대로 인사할 뿐이었다. 그저 닿은 인연들이 평화롭고 행복하고 자유롭기를 기도했다.

샤스타 산에 거주하는 영적 스승인 피터 마운트 샤스타(Peter Mt. Shasta)는 그의 책 《마스터의 제자》에서 우리가 자아에 대한 깨달음은 그 첫 단계이며, 그다음 단계는 지혜로운 방편들을 계발해서 한 명의 대사로서 마야 속으로 걸어 들어가 타인에게 봉사하는 것이라는 것을 깨달았다고 했다. 봉사는 그리 거창한 것이 아니다. 그것은 누군가를 향한 기도일 수 있다. 혹은 학교나 병원을 짓는 것과 같은 실질적인 것일 수도 있다. 두 가지 모두 봉사다. 사랑으로 사심 없는 봉사를 하는 것이다.

사심 없는 봉사의 마음은 어디에서 비롯되는 것일까? 그것은 진정한 자신을 깨닫는 것과 자신에 대한 진정한 사랑에서 비롯된다. 자신에 대한 진정한 사랑은 지금 이 순간 '현존'할 때 일어난다. 과거나 미래, 혹은 갖가지 관념들에 사로잡혀 있다면 우리는 지금 이 순간 현존하는 것이 아니며, 진정으로 자신을 사랑할 수 없다. 진정으로 현실을 있는 그대로 바라볼 수 없게 된다.

지금 이 순간 현존의 문을 열고 들어간다면, 감사와 사랑이 우리를 기다리고 있다. 그리고 감사와 사랑을 느끼는 일들이 우리 앞에 펼쳐진다.

"사부! 온라인 카페를 개설해봐요!"

나를 사부라고 부르는 은경 씨가 말했다. 그렇다. 유튜브만으로는 뭘가 부족하다고 여기고 있었다. 좀 더 자신들의 이야기를 터놓고 소통할 수 있는 공간, 온전히 있는 그대로 존중해줄 수 있는 그런 공간이 필요했다. 또한 그간 서로의 공부를 나누고 나아갈 수 있는 공간이 필요했다. 나는 삶이 전해주는 소리를 받아들였다. 어떻게 운영할지, 무엇을 할지에 대한 고민은 전혀 생각하지 않았다. 마음을 비우고 순수한 사랑과 소망만 있으면 채워질 것을 알고 있기 때문이다.

그렇게 <깔리하우스>라는 네이버 카페가 만들어졌다. 사람들에게 알리고 초대를 시작했다. 메뉴만 있고, 내용은 여유 있게 게시됐다. 조급한 마음은 없었다. 나는 지금 이 순간에 충실할 뿐이었다. 다만 내용 하나하나에 정성을 담고, 소망을 담고, 사랑을 담았다. 이 모든 과정에 감사했다. 점차 카페 회원 수가 늘어나면서 차츰 회원들의 글로 채워지기 시작했다. 이 얼마나 감사한 일이던가! 감사는 감사를 낳는다. 카페 안에서 서로 사랑으로 격려하고 보듬어 나간다. 사랑이다. 사랑은 사랑을 낳는다.

2023년에 처음으로 마을 부녀회 모임에 참석했다. 우리 가족은 코로나 시기에 이사 온 터라 집집마다 따로 인사를 드릴 수가 없었다. 코로나가 잠잠해지고 마을에서는 대동계, 동계, 부녀회, 청년회 등 각종 회의가 다시 재개됐다. 나는 인사도 드릴 겸 부녀회에 참석했다. 마침 부녀회 총회란다. 나는 이웃인 수박 할머니(우리 딸아이가 그렇게 부른다)의 강력 추천으로 부녀회 총무가 됐다. 이사 오고 첫 부녀회 참석에서 총무가 된 것이다. 나는 총무를 고사할 수 없었다. 왜냐하면 부녀회에 참석한 이들 중 내가 가장 젊었기 때문이다. 이 상황을 그저 받아들이고 삶에 내맡겼다. 그저 마을 통장 글씨를 볼 수 있는 내가 총무가 된 것이 다행이라 여겼고 이 상황에 감사했다. 부녀회 총무가 되자마자, 마을 어르신들을 모시고 영덕, 포항으로 당일 여행을 다녀왔다. 여행 내내 어린아이처럼 즐거워하는 어르신들을 보고 있노라니, 내 마음에 연분홍빛 사랑의 꽃이 피어나는 것이 느껴졌다. 아침 일찍 출발해서 캄캄해져서야 마을로 돌아왔다. 이 아름다운 마을을 지켜오신 어르신들에게 이렇게나마 감사의 마음을 전할 수 있어서 감사했다. 어르신들이 마을을 잘 지켜오셨기에 나와 우리 가족도 지금 이곳에서 살 수 있는 것이 아니던가.

많은 이들이 나중의 행복을 위해 지금의 행복을 잊어버린다. 그러나 나중의 행복은 찾아오지 않는다. 왜냐하면 우리는 오로지 지금의 행복만을 경험하기 때문이다. 이것을 안다면 누구나 지금 당장 행복해질 수 있다. 삶의 매 순간을 감사와 사랑으로 받아들이고 내맡기며 살아가면 된다. 다른 비결은 없다!

나는 나와 다투지 않습니다

제1판 1쇄 2024년 3월 25일

지은이 오윤미
펴낸이 한성주
펴낸곳 ㈜두드림미디어
책임편집 신슬기, 배성분
디자인 김진나(nah1052@naver.com)

㈜두드림미디어
등 록 2015년 3월 25일(제2022-000009호)
주 소 서울시 강서구 공항대로 219, 620호, 621호
전 화 02)333-3577
팩 스 02)6455-3477
이메일 dodreamedia@naver.com(원고 투고 및 출판 관련 문의)
카 페 https://cafe.naver.com/dodreamedia

ISBN 979-11-93210-47-5 (03810)

**책 내용에 관한 궁금증은 표지 앞날개에 있는 저자의 이메일이나
저자의 각종 SNS 연락처로 문의해주시길 바랍니다.**